스켈레톤 마스터

WISHBOOKS GAME FANTASY STORY

더페이서 게임 판타지 장편소설

스켈레톤 마스터 1

더페이서 게임 판타지 장편소설

초판 1쇄 찍은 날 | 2018년 7월 12일
초판 1쇄 펴낸 날 | 2018년 7월 19일

지은이 | 더페이서
펴낸이 | 예경원

기획 | 위시북스
편집책임 | 이규재
편집 | 위시북스

펴낸곳 | 예원북스
등록번호 | 제396-2012-000132호
등록일자 | 2012. 7. 25
KFN | 제1-280호

주소 | 경기도 고양시 일산동구 호수로 646-24 위너스21II빌딩 206A호 (우)10401
전화 | 031-819-9431 팩스 | 031-817-9432
E-mail | yewonbooks@naver.com

ISBN 979-11-89348-44-1 04810
979-11-89348-43-4 (set)

※ 이 도서의 국립중앙도서관 출판시도서목록(CIP)은 서지정보유통지원시스템 홈페이지(http://seoji.go.kr)와 국가자료공동목록시스템(http://www.nl.go.kr/kolisnet)에서 이용하실 수 있습니다.

스켈레톤 마스터
1
WISHBOOKS GAME FANTASY STORY
더페이서 게임 판타지 장편소설
Wish Books

스켈레톤
마스터

+++ CONTENTS +++

프롤로그

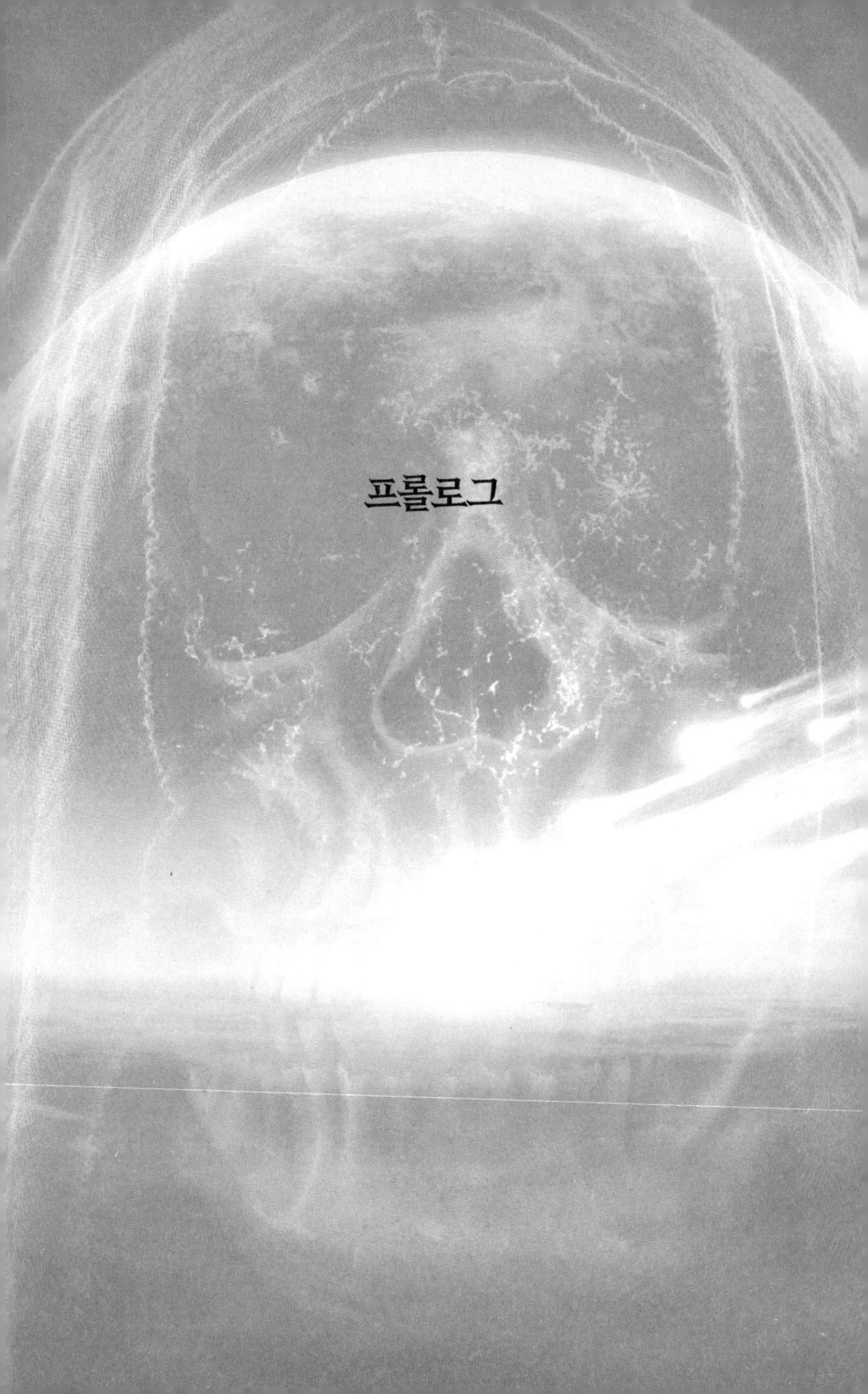

서른의 나이. 교통사고를 당해 전신마비가 왔다. 전혀 움직이지 못하는 상태. 그 생활을 7년 넘게 이어가고 있었다.

오늘도 간호사들이 다가와 그런 나를 캡슐로 넣어줬다. 환자를 위한 캡슐이라 눈동자의 움직임만으로 간단한 검색이 가능했다.

처음 몇 개월은 스스로의 처지에 한탄하며 지냈고 이후로는 무언가를 하려고 애썼다.

인터넷으로 가능한 재택 아르바이트를 통해 돈도 벌어봤고 좋아했던 판타지 소설을 떠올리며 글도 끼적거려 봤다. 하지만 재능이 없는지 큰 소득을 내진 못했다. 한 달 내내 붙잡아서 겨우 20만 원 정도를 벌었으니 말이다.

병원에서는 차라리 하지 않는 게 더 낫다고 말했다. 괜한 스트레스를 받아서 상태가 더 악화될 수도 있다면서.

그때부터는 돈을 벌기 위한 활동을 접고 그저 시간을 때우기 위한 것들을 찾아다녔다.

그러다 우연히 가상현실 게임인 '일루전'의 게임 플레이 영상을 접하게 되었고 그때부터 나는 그것에 빠져들었다.

혹하는 마음에 일루전을 다운로드 받아서 접속을 시도했던 적도 있지만 어떻게 알았는지 간호사와 의사가 캡슐을 강제로 열더니 나에게 이것저것을 설명했다.

뭐라더라, 캡슐이 전신마비를 인지하지 못해 위험할 수도 있다나. 전문용어를 써서 제대로 알아듣진 못했지만 나는 그냥 눈을 깜박이며 수긍했었다.

직접 플레이 하지 못하는 그 아쉬움을 달래기 위해 나는 보다 더 깊이 일루전의 정보를 모으는 것에 몰입했다. 접속만 하지 못할 뿐, 유저들이 쓴 글과 그들이 올린 영상은 볼 수 있었으니까.

그렇게 조금씩 아주 조금씩 일루전에 빠져든 나는 어느새 헤어 나올 수 없을 정도로 깊게 들어와 있었다. 그리고 그즈음이 되었을 때, 난 상상의 나래를 펼치기 시작했다.

만약 게임을 할 수 있다면? 그럼 어떤 마을을 택할까. 직업은? 뒤늦게 밝혀진 정보를 토대로 무엇을 할 수 있지? 앞설 수 있는 방법들, 상위 랭커를 따라잡기 위한 효율적인 동선. 새롭게 등장한 직업의 수준은?

유저들의 글을 보고, 영상을 보며 또 생각했다. 그런 과정을 수백, 수천 번 반복하면서 내 인생의 수년 동안을 일루전과 함께 보냈다.

그간 상상하지 않은 직업이 없었고 떠올리지 않은 과정이 없었다. 모든 정보를 보고 또 보면서 여러 가지 상황을 끝없이 생각했다. 오직 그것만이 내가 할 수 있는 전부였으니까.

일루전과 관련한 것들을 보다 보면 시간이 참으로 빠르게 흘러갔다. 덕분에 나는 전신마비임에도 불구하고 그리 불행한 인생을 살지는 않았다. 그래도 무언가에 빠져들 순 있었으니까.

하아, 진짜 재밌겠다. 직접 하지 못하는 게 참으로 아쉬울 뿐이다. 이번엔 뭘 생각해 볼까.

최근 가장 끌리는 직업은 네크로맨서였다. 신체적인 힘은 약하지만 소환할 수 있는 무수한 몬스터가 아군이 되어 적을 쓸어버린다.

매력적이지만 그렇게 인기가 있는 직업은 아니다. 키우는 것이 극악할 정도로 어렵기 때문이다.

최근에서야 밝혀진 정보를 토대로 조금 빛을 보고 있다지만 유망한 직업에 비해서 플레이하는 사람의 수가 적은 게 사실이었다. 그래도 마음이 끌리는 걸 부정할 수 없었다.

하고 싶다. 너무 하고 싶어.

7년을 참아왔다. 계속 보기만 해왔다. 그 탓에 인내심도 이젠 바닥을 드러내는 중이었다.

의사가 절대로 게임에 접속해선 안 된다고 수백 번이나 이야기했다. 그 위험에 대해서 경고를 했고 만약에라도 접속할 경우 그 책임이 병원에 없다는 문서에도 동의를 했다. 가족들에게도 그 사항을 알려줬다. 그럼에도 나는 매일 고뇌한다.

한 번만, 딱 한 번만 접속을 할 수 없을까?

한 번만 그곳에서 움직일 수 없을까?

……자유를 느낄 수 없을까?

고개를 저었다. 그래선 안 되지, 절대로. 죽을 수도 있다잖아, 위험하다잖아.

이 갈증을 해소하기 위해 다시 영상 하나를 튼다.

이제는 게임 산업이 그 무엇보다 발전하면서 드라마나 영화, 애니메이션이 모두 죽어버렸다. 왜냐고? 그 어떤 매체라도 '가상현실'보다 더 리얼할 순 없으니까. 그곳의 경험이 가장 강렬한 전율이기 때문이다.

이제 사람들은 일루전 없이는 살아갈 수 없을 정도가 되었다. TV를 틀면 일루전의 랭커가 연예인처럼 등장했고 그들이 퀘스트를 깨는 장면을 촬영하여 방송에 내보냈다.

길드전은 물론이고 왕국과 왕국의 전쟁, 나아가 대륙과 대륙의 전쟁도 펼쳐진다.

얼마나 황홀한가.

그런 세상을 살아간다. '나'만 제외하고서.

이 영상을 보라. 도저히 눈을 뗄 수가 없다. 어찌 이런 세상에 접속하지 않을 수 있느냐는 말이다.

고민이 더욱 깊어지는 그때 어머니와 누나의 모습이 불현듯 떠올랐다. 과로사로 돌아가신 아버지도.

자신 하나를 위해 그들이 무엇을 희생했던가. 아버지는 목숨을 희생했고 가족들은 남은 인생을 허비했다. 다시 움직일 가망이 없는 나를 위해서.

그런데 난 무엇을 하고 있는가. 게임에 미쳐서 그것만 보며 살고 있다. 그럴 수밖에 없는 현실임을 알면서도 욕이 튀어나온다.

젠장……!

한 번 시작된 상념은 나를 짓눌렀다.

사실 초기에는 괜찮았다. 가족들이 날 보살피는 것도 당연하게 여겼다. 하지만 3년, 4년이 지날 무렵부터 나는 부담을 느끼기 시작했다.

아버지가 돌아가시고 어머니와 누나가 피폐한 모습으로 병원에 들러 삶을 한탄하기 시작할 때부터, 그리고 나라는 존재가 그들에게 너무나 무거운 짐이 될 수 있다는 사실을 깨달았을 때부터, 나는 나 자신이 조금씩 싫어지기 시작했다.

가끔은 그런 생각도 했다. 차라리 죽자. 죽어버리면 가족들에겐 피해가 가지 않을 테니까, 그들은 편해질 테니까. 이젠 그들도 그들의 인생을 살아야 하지 않겠는가. 피땀 흘려 모은 돈을 병원비로 쏟아붓는 짓을 정말 그만두게 해야 할 때가 된 것 같았다.

하지만 자살도 할 수 없다. 몸이 움직이지 않으니까, 아무것도 할 수 없으니까.

상황이 절묘하게 맞아떨어진 탓일까. 게임에 접속하면 위험할 수 있다는 의사의 말이, 목숨을 잃을지도 모른다는 그 목소리가 왜 하필 지금 떠오른 걸까.

이유는 모르겠지만 한 가지는 확실했다. 일루전이 낯설어졌다는 사실이다. 선망의 시선으로 바라보기만 했던 그것이 이젠 죽음의 도구가 된 것이다.

고개를 젓는다. 나도 미쳤구나. 7년이 넘는 세월을 불구로 살았는데 정상이라면 더 이상하리라. 그나마 이 정도 정신을 유지하는 것도 대단하다고 볼 수 있었다. 물론 일루전이 없었더라면 그것도 불가능했겠지만.

딩동.

그때 캡슐이 열렸다. 간호사가 나를 침대로 옮겨줬다. 벌써 저녁이었다. 밤늦게 찾아온 가족들의 한탄을 들으며 잠이 들었다. 오늘도 힘들었다는 이야기뿐이었다.

답답한 마음이 가슴을 죄어온다. 악몽을 꿀 것 같았다.

일루전이 생을 유지하기 위한 희망이 아니라 죽음을 위한 도구가 될 수 있음을 인지한 이후 반년이 더 지났다.

나는 빠르게 피폐해져 갔다. 전에는 그나마 눈동자에 빛이 감돌았다면 지금은 죽어버린 것처럼 침잠했다.

의욕이 없었다. 모든 것이 허무했다. 가족들의 얼굴을 보는 매일 저녁이 되면 그 허무함은 보다 더 지독해졌다.

"요즘 정말 너무 힘들구나."

"모든 걸 잊어버리고 싶을 정도야."

"살기가 싫어."

"죽고 싶다, 죽고 싶어……."

언제부터인가 그들은 나를 위해서 살아감에도 내가 살아 있음을 힘겨워했다. 나 역시 그런 어머니와 누나를 보면서 가슴이 무너졌다.

"흑…… 크흑……."

어느 날은 어머니가 소리 없이 울었다. 울음은 오래도록 지속되었다.

그제야 깨달았다. 이젠 정말로 시도해야 할 때라고. 새로운 인생을 위해서, 혹은 죽음을 향하여. 무엇이 되더라도 후회는 없으리라.

그날 나는 캡슐에 들어오자마자 일루전을 다운로드 받았다. 그리고 게임에 접속을 시도했다.

처음 접속한 이후 다시 접속할 기미를 보이지 않은 까닭일까, 병원에서 뒤늦게 그 사실을 파악한 모양인지 허겁지겁 뛰어오는 발걸음 소리가 희미하게 들려왔다.

나를 캡슐에서 꺼내려 하겠지. 그전에 접속을 해야 한다. 접속하기만 하면 강제로 캡슐에서 날 꺼내지 않으리라. 오히려 그게 더 위험하니까.

[일루전에 접속하시겠습니까?]

눈동자로 의사를 표현했다.

예스.

동시에 세상이 어두워졌다.

[신체를 스캔합니다.]

그런데 무언가 이상하다. 머리가 지독할 정도로 아파왔다.

으, 으으…….

전신이 떨리더니 발작이 일어났다. 세상이 희미해졌다. 의식 마저도…….

그리고 다시 눈을 떴을 때. 나는 8년 전의 어느 날로 돌아와 있었다.

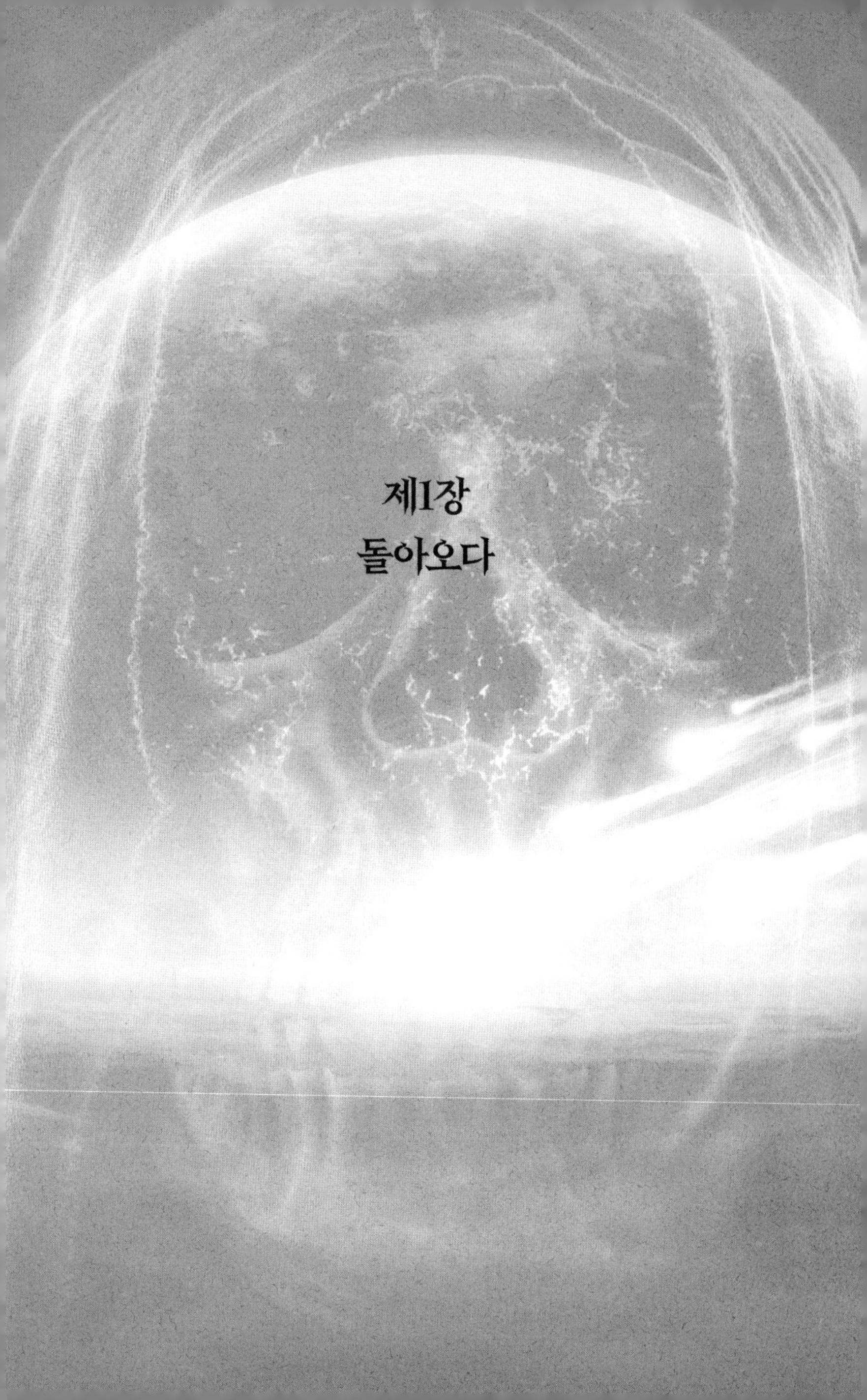

제1장
돌아오다

그날 이후 벌써 일주일이 흘렀다. 처음에는 저승에라도 떨어진 줄 알았지만 아니었다.

2035년. 그러니까 젊은 날의 청춘인 20대, 정확히 말하자면 29살의 어느 날로 돌아온 것이었다.

처음에는 너무나 놀랐다. 그러다 가족을 만나고선 눈물을 흘렸다. 그들의 고생을 알기에 오열했다. 꿈이라면 깨지 않기를 희망했다.

뒤늦게 정신을 차린 후에는 많은 생각을 했다. 남몰래 정신과 상담까지 받았고 그 과정에서 한 가지 결론을 내릴 수 있었다.

지금이 결코 꿈이 아니라는 것, 명백한 현실이라는 것을 말이다.

그럼 기억하고 있는 것이 꿈인 것은 아닐까? 긴 꿈에서 깬 것은 아닐까?

그것 역시 아니었다. 기억이 너무나도 선명했다. 기억을 토대로 일루전과 비교를 해봤더니 더욱 확실해졌다.

대륙과 왕국, 등장하는 랭커들, 그리고 시스템까지 모든 것이 들어맞았다. 기억하고 있던 내용이 허구가 아니라는 증거였다.

그때였다.

"강 사원!"

"아, 네!"

김 차장이 강무혁을 불렀다.

"오늘 점심 먹고 싶은 거 없어?"

"아, 저기……."

모두의 이목이 집중되었다.

"아무거나 말해봐."

꼭 이런 부분만 떠넘긴다. 아무거나 말하면? 보나마나 미간을 찌푸리며 고개를 저을 것이다.

"근처에 부대찌개 있던데……."

"부대찌개? 흐음, 너무 무난한데."

"그럼 면 종류는……."

"질려."

역시 예상대로였다. 그때 여사원 한 명이 손을 들었다.

"정식 어때요, 김 차장님?"

"호오, 정식?"

"네!"

"좋지, 역시 생각하는 게 달라!"

"감사합니다!"

"업무 정리해. 10분 뒤에 출발할 테니까."

강무혁은 그들의 모습을 보며 피식하고 웃었다.

이상하네…….

분명히 예전이었다면 짜증이 났을 상황이다. 하지만 지금의 그는 짜증보다는 그럴 줄 알았다는 예감과 함께 묘한 즐거움을 느끼고 있었다.

그래, 돌아왔으니까. 다시 움직일 수 있고 가족들과 함께 웃을 수 있고 또 말할 수 있다. 거기에 5개월 전 오픈한 가상현실 게임 '일루전'을 언제라도 즐길 수 있게 되었다는 사실만으로도 충분히 행복했다.

쓸데없는 고민은 말자. 꿈이면 어떻고 돌아온 것이면 어떤가. 다시 기회를 얻었다는 사실, 그게 중요한 것이다.

"자, 밥 먹으러 갈까?"

"네!"

다 같이 점심을 먹고 회사로 돌아온 강무혁은 바로 자리를 잡고 앉아 한글 파일을 켜고 머릿속으로만 생각해 오던 일루전에 관한 정보를 정리하기 시작했다.

물론 자신이 아는 특유의 단어만을 나열했다. 다른 사람이 보더라도 결코 알아볼 수 없도록.

5개월 전, 전 세계 동시 오픈. 랭커 1위의 레벨이 51. 10만 랭커의 레벨이 48이다.

최고가 될 수 있을까? 아니, 최고가 아니라도 좋다. 그저 즐기고 싶다. 제대로.

하지만 제대로 즐기기 위해선 힘이 필요하다. 전신마비로 지내면서 접했던 많은 게시글과 영상 덕분에 한 가지를 깨달았다.

그곳은 오직 힘으로 지배되는 세상이다. 현실이 돈과 권력으로 지배되는 세상이라면 그곳은 단 하나, 강함만이 전부인 공간이다.

현실에서의 돈과 권력, 인맥 모두를 쏟아부어 일루전의 힘으로 탈바꿈시킨다. 바뀐 힘으로 무엇을 할 수 있냐고? 현실에서는 통용되지 않는 모든 것이 가능하다.

약탈, 살인, 협박, 사기 등등. 일부 극악한 것들을 제외한 대부분의 범죄가 컨텐츠라는 울타리 안에서 합법화된다.

살인마가 들어와서 NPC를 죽여도, 유저를 죽여도 죗값을 받지 않는다. 죽일 때의 손맛이 매우 흡사하다는 이유로 게임 안에서 살인을 즐기는 유저도 많다. 그럼에도 불구하고 법으로 처벌할 수 없다. 게임 안에서 현상금 사냥꾼이라는 컨텐츠가 있지만 그들을 이길 힘을 지닌다면 두려워할 이유가 없다.

즉, 어떤 짓을 해도 강하기만 하다면 아무런 문제가 없다는 것이다. 미치광이가 되어도 강하다면 누구 하나 뭐라고 할 수 없는 않는 세상. 오히려 비슷한 성향을 지닌 이들과 길드를 만들어 세상을 어둠 속에서 지배할 수 있는 곳. 그게 바로 '일루전'이다.

그렇기에 힘이 없으면 아무것도 하지 못한다. 길드가 횡포를 부려도 분을 삭일 수밖에 없고, 훗날 전쟁에 참가한다 해도 힘없이 쓸려 버리기 일쑤다.

이유 없이 약탈을 당하고 PK를 당한다. 강자들이 앞에서 손을 흔들며 웃을 때, 약자들은 뒤에서 그저 그들의 등을 바라봐야 한다.

그런 건 싫다. 기왕 하는 거 약자의 입장이고 싶지는 않다. 최고는 아니더라도 강자! 강자가 되고 싶다. 새롭게 살아가는 인생이라 여기고 있기에 이번엔 '패배'라는 글자에 묻히고 싶지 않다.

자신은 있다. 남들이 모르는 정보를 모두 가지고 시작하는 거니까.

두근두근.

그럼 생각해야 한다.

뭐가 최고일까? 무엇이 가장 효과적일까? 혼자서 모든 게 가능한 직업, 홀로 독보할 수 있는 직업. 그게 가능한 직업이 있을까?

딱 한 가지가 떠오른다.

조폭 네크로맨서.

그래, 그거라면…….

하지만 너무 어렵다. 엄청난 노가다를 요하는 것은 물론이고 투자 대비 효율이 낮다. 중반은 넘어서야 제대로 빛을 발할 수 있다. 그전까지는 숨죽이고 참아야만 하리라.

하지만…… 그럴 수 있는 인내만 있다면, 끈기와 노력만 있다면…….

순간 강무혁의 눈동자가 차갑게 가라앉았다.

꽈악.

절로 손에 힘이 들어갔다.

현재 모은 돈을 계산해 봤다. 다음 주 만기가 되는 예금 1,200만 원, 같은 날에 만기가 되는 적금 300만 원. 총 1,500만 원이다.

캡슐의 가격이 300만 원, 이용료가 한 달에 30만 원. 외에도 먹고살기 위한 최소한의 금액을 100만 원으로 잡는다면 대략 1년 정도 일루전에 몰두할 수 있다.

물론 그전에 충분히 돈벌이가 가능하겠지만 최악의 상황도 염두에 두어야 한다. 그게 아니더라도 초반에 자본금이 필요할지도 모를 일이었다. 그렇기에 어느 정도의 돈은 여유로 둘 생각이었다.

일루전 주식? 당연히 좋지만 지금은 아니다. 현재 일루전 주식 1주의 가격이 무려 230만 원이다. 훗날 1천만 원이 넘어가지만 그건 8년이란 시간이 지난 먼 미래다. 그 전까지 일루전 주식은 아주 천천히 상승 곡선을 그릴 것이기 때문에 당장 급한 문제는 아니었다.

지금은 알고 있는 정보를 토대로 빠르게 성장하는 것이 가장 중요했다. 이후 상황에 맞춰 알고 있는 정보를 판매한다면 충분히 돈을 벌 수 있을 것이다. 그때가 되어 주식을 구입해도 늦지 않다.

이내 고개를 흔들었다. 돈도 중요하지만…… 그것보다는 일루전이란 세상이 더 기대가 되었다.

항상 꿈꿔왔으니까. 일루전을 살아가는 기분은 과연 어떨까? 그런 상상만으로 7년을 넘게 보냈다. 그러니까 도전을 두

려워 말자.

전신마비 상태에서는 많이 후회했었다. 과거의 소심했던 모습과 무엇도 하지 못했던 나약함, 그리고 그것에 순응했던 스스로를. 그러니 이번에는 다를 것이다. 그렇게 만들 것이다.

스윽.

강무혁, 그가 몸을 일으켜 긴 호흡을 뱉으며 부장에게 향했다.

"부장님."

"음? 무슨 일이야?"

품에서 사직서를 꺼내어 건넸다.

"사직서?"

"그동안 감사했습니다."

솔직히 회사 생활은 힘들지 않았다. 갑작스레 과거로 돌아와 상황을 제대로 파악하지 못하고 있었음에도 불구하고 회사 생활엔 쉽게 적응할 수 있었다. 덕분에 지금까지 열심히 다니면서 돈도 모을 수 있었고.

"갑자기 왜 이래?"

"새로운 걸 해보려고요."

"흐음……. 진심이야?"

"네."

덤덤한 목소리다. 그제야 강무혁의 결심이 매우 단단함을 깨달은 부장이 사직서를 집어 들었다.

"좋아, 그래도 이건 며칠 후에 수리할 테니까 혹시라도 마음이 바뀌면 바로 말하라고."

강무혁은 대답 대신 고개를 숙였다. 감사의 인사였다. 다른 회사는 어떤지 모르겠지만 이곳은 참으로 괜찮은 곳이었다. 지금도 보라, 사표를 냈음에도 며칠의 말미를 준다. 그것만으로도 눈앞의 부장이 어떤 사람인지 알 수 있었다.

"감사합니다."

"인사는 됐고, 뭘 새롭게 할지는 모르겠지만 이왕 하는 거 제대로 해봐."

"예."

웃으며 대답한 후 등을 돌렸다. 짐을 챙겨 사무실을 나섰다. 행동에 망설임은 없었다. 한 점의 후회도. 이제부터 새로운 인생을 살아갈 테니까.

월세 45만 원을 주며 살고 있는 곳. 침대 하나와 벽에 걸린 TV가 전부인 그곳에 상당한 크기의 캡슐이 들어왔다. 캡슐을 구석에 놓자 휑했던 공간이 빼곡해졌다.

"후우, 설치 끝났습니다."

"수고하셨습니다."

"혹시라도 문제가 생기면 연락 주십시오."

기사가 건네는 명함을 받았다. 대충 주머니에 넣은 후 신발을 신고 나서는 그를 배웅했다.

이후, 문을 잠그고 캡슐을 작동시켰다. 지잉 하는 소리와 함께 뚜껑이 열렸다.

두근두근.

심장의 고동을 느끼며 캡슐에 몸을 눕혔다.

꿈이 현실이 된다. 얼마나 접속하고 싶었던가. 7년을 바라보기만 했던 게임이다.

오늘, 드디어…….

캡슐의 문이 닫히고.

[로딩 중.]

[일루전에 접속합니다.]

거울 하나가 나타났다. 자신과 같은 생김새의 캐릭터가 보였다. 강무혁은 캐릭터의 머리를 조금 더 길게 설정한 후 다음으로 넘어갔다.

[지역을 선택…….]

끝까지 듣지도 않았다. 이미 대륙은 포르마로 확정이다. 그곳이 아시아의 대륙이니까. 선택해야 할 곳은 제국이나 왕국이었다.

"아르센 왕국."

[캐릭터명을…….]

"무혁."

[캐릭터명 '무혁'이 확실합니까?]

"그래."

[좋은 여행이 되길.]

기계 음성이 흐려짐과 동시에 어둠이 찾아왔다.

파앗!

밝은 빛과 함께 새하얀 하늘이 보인다. 시선의 정면에 위치한 구름 역시도. 감탄하기 직전 변화가 일어났다. 엄청난 속도로 신체가 떨어지기 시작한 것이다. 아래에 위치하고 있는 거대한 대륙들이 보이고, 그 대륙 곳곳에 자리 잡은 제국과 왕국이 눈에 들어온다.

이윽고 강무혁이 택한 아르센 왕국의 중심, 분수대 위에서 몸이 멈췄다. 마치 떨어지던 것이 거짓이었던 것처럼 무혁은 자연스럽게 바닥에 착지했다.

"후아……."

가만히 심장에 손을 댔다. 좋은 기분이다. 씨익 웃고는 몸을 움직여 봤다. 이런 자연스러움이라니! 정말 놀라운 수준이었다. 동영상으로 보고 듣기만 했던 그였기에 직접 경험하는 지금이 마치 꿈만 같았다.

무려 7년 이상을 바라보기만 했던 게임. 가상이지만 많은 이가 찾아와 꿈을 외치던 그곳, 일루전에 드디어 접속한 것이다.

"으으……!"

희열과 전율, 그리고 뒤이어 떠오르는 많은 기억. 만감이 교차한다.

아니, 아니지.

다급히 고개를 흔들었다. 감상에 빠져 있을 때가 아니었다.

아무리 남들보다 많은 정보를 알고 있다지만 조폭 네크로맨서의 길은 결코 쉽지 않다. 남들보다 훨씬 더 많은 노력을 해야 한다.

주변을 살폈다.

저기다.

가장 먼저 수련관으로 향했다.

"오, 어서 오게. 이방인인가?"

중년의 교관이 무혁을 반겼다.

"네, 낯선 곳이라 어떻게 해야 할지 몰라서요. 일단은 여기서 수련을 하고 싶은데 가능할까요?"

"이곳이 처음인 이방인이라면 당연히 가능하지."

수련관을 이용하기 위한 조건이 있다. 반드시 1레벨이어야만 한다. 무혁은 방금 시작했기에 당연히 그 조건을 충족시켰다.

"자, 받게."

그 교관이 목검 한 자루를 내밀었다. 무혁이 목검을 받기 직전.

"저기 세워진 허수아비 3개를 부서뜨리게. 단, 사선 베기만을 사용해야 한다네. 가능하겠나?"

눈앞으로 떠오른 퀘스트 정보.

[수련관의 첫 번째 시험]

[사선 베기만으로 허수아비를 부서뜨릴 것(0/3).]

[제한 시간 : 10분.]

[성공할 경우 : 경험치 획득, 두 번째 시험으로 연계.]

[실패할 경우 : 재도전 가능, 두 번째 시험으로 연계 불가.]

[퀘스트를 수락하시겠습니까?]

내용을 확인한 무혁이 목검을 받았다.

"가능합니다."

"자신감이 넘치는군. 시간은 10분일세. 기대하겠네."

퀘스트는 자동으로 수락되었다.

곧바로 수련관 내부 곳곳에 세워진 허수아비에게 다가갔다. 그 앞에서 멈춘 후 주변을 훑었다. 무혁처럼 퀘스트를 수행하는 이들은 보이지 않았다. 아직 수련관 퀘스트를 끝까지 해결한 자가 없거나 혹은 있더라도 그가 정보를 풀지 않은 탓이리라.

반드시 깬다.

목검을 머리의 좌측 위로 들어 올렸다.

과연 10분 안에 세 개의 허수아비를 부서뜨릴 수 있을까? 퀘스트 자체는 어렵지 않다. 다만, 까다로울 뿐.

자, 집중.

"후우……."

호흡을 고른 후 검을 내리 그었다. 좌에서 우측으로.

여기서 중요한 점이 있다. 허수아비의 팔뚝을 때려도 안 되고 머리를 건드려도 안 된다. 오직 어깨 부위만을 타격해야 한다. 그래야만 완벽한 타격 적용을 받아서 보다 더 많은 대미지를 줄 수 있기 때문이다.

퍽.

어렵지는 않았다. 다만 이 사실을 모른다면 분명 몇 번은 팔뚝이나 어깨 위쪽인 머리 부위를 때릴 수밖에 없다. 그러면 시간이 오래 걸리게 되고 결국 발목이 잡히리라.

다시!

목검이 어깨를 때렸다. 둔탁한 소리와 함께 손목을 타고 흐르는 묘한 이질감. 본래라면 고통과 함께 찾아왔어야 할 찌르르한 감각이 지금은 고통이 배재된 상태에서 올라오고 있었다.

물론 통증을 완전히 못 느끼는 건 아니다. 현실에서 중상을 당할 정도의 충격을 받으면 이곳에선 가볍게 툭하고 건드린 정도랄까. 그래서 전력을 다할 수 있었다.

좋아!

타악 하는 소리가 연이어 울린다. 세 번, 네 번, 그리고 다섯 번. 그렇게 10번을 채웠을 때, 허수아비의 어깨 부위가 부서지기 시작했다.

"하압!"

다행히 이번 공격으로 완벽하게 부서졌다.

[허수아비를 부서뜨렸습니다(1/3).]

2분 30초가 흘렀다. 아슬아슬한 수준이었기에 서둘러 다른 허수아비의 앞에 자리를 잡고 다시 검을 내리 그었다. 두 번째 허수아비도 비슷한 시간에 부서뜨렸다. 마지막 허수아비까지.

"후우."

걸린 시간은 8분 남짓. 서둘러 수련관 외부에 있는 교관에게 향했다.

"모두 부서뜨리고 왔습니다."

교관의 눈이 조금 커졌다.

"호오, 그래?"

"예."

"확인을 해볼까."

교관이 수련관으로 가더니 부서진 허수아비 세 개를 두 눈으로 직접 확인했다. 그제야 고개를 끄덕거리며 퀘스트를 완벽하게 수행했음을 인정했다.

[퀘스트를 클리어하였습니다.]

[경험치를 획득합니다.]

[레벨이 상승합니다.]

레벨이 2가 되었다. 상태창을 확인하고 싶었지만 지금은 참아야 했다. 교관에게 두 번째 연계 퀘스트를 받아야 했기 때문이다.

"만족스럽군. 그럼 다음 수련도 해볼 텐가?"

"네."

"자신만만하군. 좋아, 이번에는 수직 내려 베기만을 사용해서 허수아비 3개를 부서뜨리게."

이번에도 역시 퀘스트가 떴다.

[수련관의 두 번째 시험]

[수직 내려 베기만으로 허수아비를 부서뜨릴 것(0/3).]

[제한 시간 : 10분.]

[성공할 경우 : 경험치 획득, 세 번째 시험으로 연계.]

[실패할 경우 : 재도전 가능, 세 번째 시험으로 연계 불가.]

[퀘스트를 수락하시겠습니까?]

"알겠습니다."

"이번에도 기대하지."

다시금 수련관의 중앙으로 나아갔다.

수직 내려 베기.

이번에는 오직 허수아비의 정수리만을 가격해야 한다. 그래야 추가 대미지를 입혀서 빨리 부서뜨릴 수 있다.

두 번째 퀘스트를 시작하려는 순간 갑자기 주변이 소란스러워졌다.

스윽.

고개를 돌려 확인했다.

유저들이네.

일루전이 처음 오픈했을 땐 대부분의 유저가 사냥을 위주로 레벨 업을 했다. 하지만 5개월이라는 시간 동안 조금씩 정보가 풀리면서 수련관에 대해서도 조금씩 알려지기 시작했다.

수련관의 첫 번째 퀘스트에 한해서는 그 어떤 사냥보다도 빠른 레벨 업이 가능하다. 그래서 이제 처음 시작하는 유저들이 이곳으로 오는 것이다.

"야, 첫 번째만 깨고 갈 거지?"

"그래야지, 두 번째부터는 경험치도 거의 안 주니까."

게다가 세 번째부터는 클리어하는 것도 쉽지가 않다. 조금씩 난이도가 상승한다고 해야 할까. 그런 연계 퀘스트가 계속 이어지니 끝까지 버티는 유저가 극소수일 수밖에.

"저기요."

"허허, 이방인이군."

"뭐 부탁할 거 없어요?"

"부탁?"

유저가 귀찮은 표정으로 고개를 끄덕였다.

"수련이나 한번 해보겠나?"

"수련 좋죠."

"다행이군. 사선 베기만으로 허수아비를 쓰러뜨려 보게. 기대하겠네."

퀘스트를 받은 유저들이 허수아비를 때리기 시작했다. 정보가 없어서일까, 확실히 가격하는 부위가 중구난방이었다. 그래도 첫 번째 퀘스트는 쉬운 편이기에 다들 무난하게 클리어했다.

"다 했어요."

"오, 정말이군. 고생했네. 다음 수련도 이어서 해볼 텐가?"

"아뇨, 괜찮아요."

"알겠네. 그럼 수고하게."

유저들은 떠났지만 무혁은 여전히 자리를 지킨 채 연계 퀘스트를 이어갔다.

수직 내려 베기 이후에는 수평 베기였다. 수평 베기 퀘스트를 성공하니 찌르기로 허수아비를 부서뜨려야 했고 그다음에는 올려 베기만을 사용해 또다시 부서뜨려야 했다.

이후 다시 사선 베기, 수직 내려 베기, 수평 베기, 찌르기, 올려 베기 퀘스트가 연달아서 나왔다. 그걸 총 열 번이나 반복한 무혁이 다시 교관의 앞으로 향했다.

"허수아비를 모두 부서뜨렸습니다."

"정말 대단하군, 자네는."

"감사합니다."

"안타깝게도 더 이상 수련할 게 없군."

"끝난 겁니까?"

"그렇다네. 이방인들 중에서는 자네가 11번째로 나의 시험을 통과했네. 특별히 선물 하나를 주지."

드디어 클리어했다. 하지만 기뻐할 수 없었다.

"11번째요?"

"그렇다네."

무려 11명. 이 좁은 곳에서 그 정도다. 전 대륙의 수련관 전부를 포함한다면 수백 명이 넘을지도 모른다. 아마도 그들이 최상위 랭커를 차지하고 있으리라.

"아무튼 고생했네."

"아, 감사합니다."

뒤늦게 정신을 차리고 메시지를 확인했다.

[수련관 퀘스트를 완료합니다.]

[보상으로 힘(2)이 증가합니다.]

[보상으로 민첩(2)이 증가합니다.]

[보상으로 체력(2)이 증가합니다.]

[보상으로 '수련관 상자'를 획득합니다.]

바로 이것이다.

힘, 민첩, 체력 스탯의 상승!

레벨 업을 할 때 1개의 보너스 포인트가 주어진다. 그런데 수련관 퀘스트를 깨는 것만으로 무려 중요 스탯이 총 여섯 개나 상승했다. 후반이 될수록 이 차이가 쌓여 다른 유저와의 격차를 만들게 되리라.

게다가 퀘스트는 이것이 끝이 아니었다. 또 다른 연계 퀘스트가 남았다. 교관이 말을 이어갔다.

"그런데 말이야."

"네."

"혹시 자네 시간이 좀 더 있나?"

"물론입니다."

"그럼 내 친구를 좀 도와줬으면 싶은데 말이야."

[이방인의 모험]

[푸줏간 주인, 한센을 도와라.]

[성공할 경우 : 경험치 획득, 골드 획득, 연계 퀘스트.]

[실패할 경우 : 없음.]

[퀘스트를 수락하시겠습니까?]

"할 수 있겠나?"

반드시 얻어야만 하는 칭호를 위한 퀘스트다. 당연히 수락이었다.

네크로맨서에 관한 정보 하나, 소환물은 주인의 스탯에 따라 성장하는 방향이 달라진다.

이 정보가 밝혀진 것은 일루전이 오픈하고 대략 1년이 지났을 즈음이다. 그전의 네크로맨서는 하나같이 지식과 지혜만을 찍었다. 소환물 역시 당연히 그 스탯에 영향을 받아서 지식과 지혜만 높아질 뿐이었다.

물론 이 정보가 밝혀졌다고 해서 네크로맨서가 강해진 건 아니었다. 힘, 민첩, 체력을 찍으면서 지식과 지혜가 낮아졌고 그로 인해 소환물을 유지할 수 있는 시간이 대폭 줄어들었기 때문이다. 결국 많은 유저가 또다시 네크로맨서를 포기하게 되었다.

물론 무혁은 개의치 않는다. 충분히 커버할 자신이 있기 때문이다. 일단 상태부터.

현재 레벨과 스탯이 눈앞에 떠올랐다.

[기본 정보]

이름 : 무혁

레벨 : 6

직업 : 무

명성 : 0

[칭호]

-없음.

[기본 스탯]

힘 : 5 / 민첩 : 5 / 체력 : 5

지식 : 3 / 지혜 : 3

보너스 포인트 : 5

[특수 스탯]

지구력 : 3 / 집중력 : 3

유연성 : 3 / 행운 : 3

보너스 포인트 : 5

캐릭터에 기본적으로 주어지는 수치가 3이다. 하지만 수련관 퀘스트를 깨면서 힘, 민첩, 체력은 2포인트씩 올라 5가 되었다. 여기에 보너스 포인트를 하나도 사용하지 않았다.

레벨 하나에 1개의 포인트만 주어지기에 신중하게 결정해야 한다. 물론 이미 모든 계획을 세워둔 무혁에게는 어려운 일이 아니었다.

특수 스탯은 내가 원하는 게 없으니 모아두고 기본 스탯을 먼저 분배했다.

힘 3개, 민첩 1개, 체력 1개. 덕분에 힘은 8이 되었고 민첩과 체력은 6이 되었다. 힘 3개를 올리면서 대미지가 9 상승했고 공격 속도와 이동속도 역시 증가했다.

근력이 높다는 것은 근육이 발달했다는 것이고 그것은 곧 속도에 영향을 미친다. 힘이 약한데 빠르다? 말도 안 되는 소리다. 근육이 충분히 있기에 속도를 낼 수 있다.

단거리 선수들의 근육이 왜 그렇게 크고 단단한가? 단시간에 전력을 다하기 때문이다. 그러면 자연스럽게 근육이 발달할 수밖에 없고 그것은 곧 폭발적인 속도와 힘으로 나타난다.

다른 게임에서는 민첩이 이동속도나 공격 속도를 상승시키는데, 사실은 일루전에서처럼 근력이 높아질수록 이동속도와 공격 속도가 상승하는 게 맞다.

그럼 민첩은? 일루전에서 민첩은 반응속도와 연관이 있다. 보다 더 빠르게 반응하는 것. 남들보다 먼저 보고 먼저 반응할 수 있도록 하는 것이 바로 민첩이다.

그리고 HP와 방어력에 영향을 미치는 체력에 1포인트를 투자하자 HP는 50이 증가하였고, 방어력은 6이 되었다.

능력치만 본다면 11레벨의 근접 유저와 비교해도 떨어지지 않는 수준이 된 것이다.

좋아.

하지만 이제 시작이다. 여기에 칭호까지 획득한다면 앞서간 랭커와의 격차가 한 단계 더 줄어들 것이다.

아, 참.

수련관 퀘스트를 깨고 얻은 상자가 생각났다. 인벤토리에서 꺼내어 확인했다.

[수련관 상자]

초보자를 위한 아이템이 들어 있다.

곧바로 오픈했다.

[빛나는 철검을 획득합니다.]

[단단한 나무 방패를 획득합니다.]

[10골드를 획득합니다.]

검과 방패, 그리고 초기 자금이었다. 아주 유용하게 쓰일 것이다.

가 볼까.

무혁은 동쪽 성문을 벗어나 사냥터로 진격했다.

[빛나는 철검(귀속)]

공격력 7

민첩 +1

내구도 30/30

[단단한 나무 방패(귀속)]

방어력 5

충격 흡수 45%

체력 +1

내구도 50/50

보통 초반 아이템에는 스탯이 붙지 않는다. 레벨 하나를 올려야 한 개를 상승시킬 수 있는 것이 스탯이다. 초반 아이템에 그런 높은 가치가 있을 리 없다.

하지만 수련관을 졸업한 유저에게는 그런 아이템이 주어진다. 물론 귀속템으로. 그리고 그 유용함은 말할 것도 없다.

깨갱!

들개 한 마리가 회색빛으로 물들며 사라졌다.

[경험치를 획득합니다.]

[레벨이 상승합니다.]

들개의 레벨은 5. 사냥하기에는 시시한 수준이다. 지금의 무혁이라면 레벨 10을 자랑하는 늑대까지도 어찌어찌 사냥이 가능할 것이다. 근데 왜 들개를 사냥하고 있는 것일까.

오, 떴다!

그것은 바로 들개의 고기를 획득하기 위해서였다.

이제 아홉 개, 하나만 더 모으면 돼.

다시 주변을 돌아다니며 들개를 찾아다녔다. 홀로 다니는 특성을 지닌 들개가 어슬렁거리며 숲 속에서 나타났다.

무혁은 희미하게 웃으며 놈에게 다가갔고 그 기척을 느낀 들개가 경계 태세에 돌입했다.

크르르……

그럼에도 무혁이 멈추지 않자 크게 짖었다.

왈왈!

이윽고 들개가 지면을 박차며 튀어 올랐다. 무혁은 달려드는 놈을 바라보며 나무 방패를 들어 올렸다.

터덕!

들개의 발톱과 나무 방패가 부딪쳤다. 충격은 크지 않았다. 곧바로 나무 방패를 아래로 살짝 내리며 놈의 위치를 파악했고 오른손에 들린 철검을 내질렀다.

푸욱.

기묘한 느낌이 손끝을 타고 오른다.

깨갱!

애써 무시하며 다시 검을 휘둘렀다.

목이 잘려 나간 들개는 은빛 가루를 흩뿌리더니 회색으로 물들며 사라졌다. 그 모습을 바라보는 무혁의 표정은 약간 굳어 있었다.

젭, 익숙해지지가 않는단 말이야.

핏물 대신 은빛 가루, 사체를 대신하는 회색 연기. 덕분에 생명체를 큰 거부감 없이 죽일 수 있게 되었지만 공격하는 순간에 느껴지는 그 기묘한 감각에는 여전히 적응하기가 어려웠다.

"아무튼 끝났으니까."

떨어진 들개의 고기를 주워 인벤토리에 넣으며 다시 한번 확인했다. 토끼의 가죽, 거위의 알, 사슴의 뿔, 들개의 고기까지.

무혁은 동쪽 성문으로 향했다. 안으로 들어가 광장에 가까워질수록 유저가 많아졌다. 그들이 착용하고 있는 아이템은 꽤 멋있었다. 5개월을 앞서간 자들이다.

그들을 힐끔 쳐다본 무혁은 다시 앞으로 고개를 돌려 첫 번째 목적지로 향했다.

낡은 문을 열고 들어서자 주인이 반겼다.

"무슨 일로 오셨수."

"수련관 교관님의 부탁으로 왔습니다."

"호오, 자네가 날 도와준다는 그 사람이군. 안 그래도 급한 상황이었으니 바로 말하지, 30분 안으로 들개의 고기 10덩어리만 구해주게."

퀘스트가 갱신이 되었다.

[이방인의 모험 2]

[들개 고기를 구해올 것(0/10).]

[제한 시간 : 30분.]

[성공할 경우 : 경험치 획득, 골드 획득, 연계 퀘스트.]

[실패할 경우 : 없음.]

[퀘스트를 수락하시겠습니까?]

"기다리겠네."

무혁은 푸줏간을 나와 밖에서 5초를 기다린 후 다시 푸줏간으로 들어갔다. 그러자 한센의 표정이 밝아졌다.

"음? 벌써 왔나?"

"예, 여기 들개 고기입니다."

"오오, 10덩어리가 맞군! 고맙네!"

"혹시 더 도울 일은 없습니까?"

"있고말고. 반대쪽에 위치한 약재상에 가 보겠나? 거기 주인장이 랄프라고 내 친구인데 그를 도와주면 좋겠군."

퀘스트가 다시 갱신되었다.

무혁은 고개를 끄덕인 후 푸줏간을 나와 약재상으로 향했다. 그곳의 주인 랄프가 무혁을 반갑게 맞이했다.

"한센의 소개로 왔다고?"

"예."

"마침 사슴의 뿔이 필요했는데 잘됐군. 약재로 사용할 재료인데 오늘 저녁까지는 반드시 구해 와야만 한다네. 10개가 필요한데, 가능하겠나?"

"물론입니다."

퀘스트를 수락한 후 약재상을 나왔다. 5초를 기다리고 다시 들어갔다.

"왜 다시 왔나?"

"사슴의 뿔을 구해 왔습니다."

"벌써?"

"예."

"흐음, 한번 확인해 보지."

무혁이 사슴의 뿔 10개를 건네자 랄프가 환하게 웃었다.

"정말 고맙네!"

그런 식으로 수선점에서 토끼의 가죽을, 양계장에서 거위의 알을 구해달라는 부탁을 받았다. 물론 사전에 구해놓았기에 바로바로 클리어할 수 있었다.

사실 정보를 모르고 있다면 결코 쉬운 퀘스트는 아니다. 난이도 자체는 어렵지 않으나 제한 시간이 걸려 있기 때문에 정보가 없다면 실패할 확률이 생각보다 높다. 그 탓에 앞으로 3

개월은 더 지나야 칭호의 존재가 알려질 것이다.

물론 그때가 된다고 해서 모두가 칭호를 획득하는 건 아니다. 이 퀘스트의 레벨 제한은 10 이하니까.

무혁은 그런 퀘스트를 지금 깨버렸다. 접속한 지 하루도 되지 않아서 이뤄낸 성과였다.

이제 보상을 받을 차례다. 퀘스트를 내준 수련관 교관에게 향했다.

"음? 자네군."

"네, 부탁하셨던 일을 끝내고 왔습니다."

"아아, 이야기는 들었네. 친구들이 아주 칭찬을 늘어놓더군."

"감사합니다. 그리 어렵진 않아서……."

"하하, 쉽지도 않았을 텐데 대단하군. 아무튼 고맙네. 앞으로도 일이 있으면 종종 부탁하지."

"예, 그런데……."

"뭔가?"

"혹시 저처럼 부탁을 모두 들어준 사람이 있었습니까?"

"아, 물론 있었지."

"몇 명이나 되나요?"

"자네까지 세 명이네."

나를 빼고 두 명이라…….

그리 많지는 않았다. 대륙 전체로 하면 일, 이백 명? 그럼 그 중에 2차 수련관까지 통과한 이는 몇 명일까.

2차 수련관의 조건은 1차 수련관을 클리어할 것, 그리고 레벨이 정확히 50이어야 할 것 두 가지다. 그런 까다로운 조건을 생각한다면 십여 명 남짓이 되지 않을까 추측하는 무혁이었다.

흐음, 그럼…….

상념은 짧았다. 메시지가 떠올랐기 때문이다.

['수련관 연계 퀘스트'를 클리어하였습니다.]

[경험치를 획득합니다.]

[명성이 상승합니다.]

[보상으로 '칭호'를 획득합니다.]

칭호 획득!

주먹이 강하게 쥐어졌다.

"수고했네."

"네, 감사합니다."

무혁은 인사 후 바로 자리를 떴다. 그리고 인적이 드문 곳에서 칭호를 확인했다.

[칭호]

1. 모험의 시작

-모든 스탯 +1

무혁은 자기도 모르게 만세를 부를 뻔했다.

"흐읍……."

이미 알고 있었지만 막상 손에 들어오니 희열이 맴돈다.

심호흡을 하며 흥분을 가라앉힌 후, 다시 칭호를 살펴봤다. 무려 모든 스탯을 하나씩 상승시켜 주는 칭호다. 기본 스탯은 물론이고 특수 스탯까지도 말이다. 초반을 지나 중, 후반으로 접어들어도 그 유용함은 결코 빛을 잃지 않을 것이다.

10레벨을 달성하기 위해 사냥에 몰두하고 있는데 갑자기 경고음과 함께 시야를 가리는 거대한 문구가 떠올랐다.

[게임에 접속한 지 11시간이 지났습니다. 안정을 위해 잠시 휴식을 취해주십시오. 1시간이 더 경과할 경우 강제 로그아웃이 진행됩니다.]

현재 레벨 9. 늑대 몇 마리만 더 잡으면 10이 된다. 그리고 1차 전직을 하게 되면 고대하던 스켈레톤을 소환할 수 있으리라.

하지만 방금 떠오른 알람으로 인해 그 기쁨을 조금 미뤄야 할 것 같았다.

그래, 조금만 쉬자.

"로그아웃."

현실로 돌아오니 몸이 찌뿌듯했다.

"으으……."

서둘러 캡슐에서 나왔다. 기지개를 켜니 온몸에서 뿌드득거리는 소리가 울렸다. 허리를 이리저리 돌리면서 스트레칭을 하고 있는데 아랫배가 살살 아파왔다. 동작을 멈추고 화장실로 향했다.

생리 현상을 해결하니 배가 고팠다. 뱃가죽이 등에 들러붙은 느낌이랄까. 서둘러 부엌으로 향해 좌식 밥상을 꺼내어 펼쳤다. 그 위로 냉장고에 든 반찬통을 꺼내어 올린 후 밥이 가득 쌓인 큰 그릇과 젓가락만 들고 자리를 잡았다. 젓가락을 사용해 밥을 한입 가득 떠서 먹은 후 김치를 쭈욱 찢어서 입에 넣었다.

우걱, 우걱.

역시 시장이 반찬인 걸까. 순식간에 밥그릇이 바닥을 드러냈다. 정말로 맛있다는 생각을 하며 한 그릇을 더 퍼서 먹었다.

"후아."

세상이 제대로 보였다.

이제야 좀 살겠네.

벌써부터 일루전이 떠올랐다. 하지만 지금은 접속할 수가 없었기에 지루함을 달랠 겸 TV를 켰다.

-일루전이 오픈하고 5개월이 조금 더 지난 현재, 랭커 1위의 레벨이 무려 52에 도달했다고 알려졌습니다. 50이 되면 2차 전직을 할 수 있게 되는데…….

일루전에 관한 소식이었다. 다른 곳을 틀었다.

-너무나 느린 경험치 상승! 돌파할 구멍은 없을까요?

마찬가지였다. 다른 곳은?

-일루전 사이트를 이용한 현금 거래가 최근 10분 동안에만 무려 천여 건에 달하고 있습니다. 시세는 1골드에 1만 원으로…….

어디를 틀어도 일루전 이야기뿐이었다. 그나마 시세에는 관심이 갔다.

100브론즈가 1실버고 100실버가 1골드다. 현재 무혁이 10골드를 지니고 있으니 현금으로 10만 원이라고 볼 수 있었다. 한동안 시세가 유지되겠지.

다른 채널로 돌렸다.

-일루전에 관한 것을 집중적으로 보도하는 특별 편성 프로그램이 우후죽순으로 만들어진 가운데…….

다 알고 있는 것들이었다. 관심이 빠르게 식으면서 어서 게임에 접속하고 싶다는 생각이 뇌리에서 떠나지 않았다.

시간이 얼마나 지났는지 확인해 보니 정확히 30분이 흘러 있었다.

됐다. 기다리던 대기 시간이 끝났다.

스윽.

몸을 일으킨 후 캡슐에 누웠다.

이제 접속해 볼까.

세상이 어두워지고 이내 빛이 뿜어졌다.

[일루전에 오신 것을 환영합니다.]

기계음이 고막을 자극한다. 동시에 신체가 아래로 하강했다. 아니, 세상이 올라온다고 해야 할까. 아무튼 지면을 밟고 섰을 땐 로그아웃을 했던 늑대의 숲 부근이었다.

크르르…….

마침 주변에 있던 늑대 네 마리가 무혁에게 다가왔다. 서둘러 인벤토리에서 검과 방패를 꺼냈다. 거리를 좁히는 놈들을 바라보면서도 무혁은 당황하지 않았다.

힘이 무려 14였고 체력과 민첩은 7이었다. 힘 스탯에 집중하는 상태였지만 그렇다고 민첩과 체력이 낮은 건 아니었다. 보통의 9레벨이라면 총 8개의 보너스 포인트 전부를 민첩과 체력에 투자해야 저 수치를 얻을 수 있으니까.

무혁처럼 퀘스트 보상이나 칭호의 효과를 받지 않고 순수하게 레벨 업 보너스 포인트만으로 저 수치를 만들기 위해서는 20레벨은 되어야 한다.

하지만 무혁은 9레벨에 저 수치를 만들어버렸다. 물론 철검과 방패의 영향도 있긴 하지만 분명한 것은 10레벨 몬스터인 늑대를 두려워할 하등의 이유가 없다는 사실이었다.

크르르……!

문제는 늑대의 수가 네 마리라는 것. 일반적인 유저였다면 잽싸게 줄행랑을 쳤을 것이다. 늑대는 본래 함께 다니는 습성이 있지만 네 마리나 뭉쳐 있는 건 드물다. 적게는 두 마리에서 많아야 세 마리가 대부분이니까.

그러나 무혁은 개의치 않았다. 세 마리나, 네 마리나. 어차피 무혁에겐 거기서 거기다. 생각을 멈췄다.

전투에 집중하자.

빠르게 물러나면서 나무 기둥에 등을 기대었다. 그사이 놈들이 사방을 둘러쌌다. 이제 등 뒤를 제외한 나머지에만 신경 쓰면 된다.

네 마리가 반원을 그리며 거리를 좁혀왔고 그 순간 두 마리의 늑대가 도약해 왔다. 나머지 두 마리는 그대로 달려들었다. 위에서 두 마리, 아래에서 두 마리.

일단 가장 가까이 있는 녀석부터.

거리가 제일 가까운 놈은 도약한 두 마리의 늑대 중 왼쪽에 있는 녀석이었다. 놈의 공격을 상체를 숙이면서 피한 후 아래에서 달려드는 녀석을 방패로 막았다. 충격의 45퍼센트가 그대로 방패로 흡수되면서 타격이 줄었다.

허리를 틀어 도약한 두 마리 늑대 중에서 조금 늦게 도착한 한 놈의 머리를 그었다.

[크리티컬이 터집니다.]

[88의 대미지를 입힙니다.]

현재 공격력이 49. 크리티컬로 인해 98의 대미지가 떠야 하지만 늑대의 방어력을 생각한다면 실질적인 대미지는 저 정도가 맞다.

몇 번의 사냥으로 알아낸 늑대의 생명력은 대략 200 수준. 크리티컬이 뜨지 않더라도 다섯 번의 공격이면 죽일 수 있었다. 물론 다섯 번의 공격을 쉽게 성공시킬 순 없다. 늑대들이 바보가 아닌 이상 몸을 무작정 들이밀진 않을 테니까.

[늑대에게 공격을 당했습니다.]

[HP(21)가 하락합니다.]

[HP(23)가 하락합니다.]

눈앞으로 떠오르는 홀로그램들이 귀찮았다.

정보 차단.

그러자 더 이상 글귀가 떠오르지 않았다.

놈들의 공격이 계속되고 있지만 HP와 방어력이 높은 편이니 충분히 버틸 수 있다. 그사이에 타격을 입은 늑대를 처리하는 것이 중요했다.

놈에게 달려들며 검을 다시 뻗었다. 이후 방패로 옆구리를 물어뜯으려는 놈의 머리를 밀어냈다. 그 반동을 이용해 멀어지는 늑대와 거리를 좁히며 검을 연이어 그었다.

크리티컬이 한 번 더 터진 걸까? 세 번의 검격만으로 한 마리를 처리할 수 있었다.

회색으로 물드는 놈을 보며 서둘러 바닥을 굴렀다. 늑대의 공격을 몇 번 당해준 후 다시금 나무에 등을 기대었다. 잽싸게 몸을 웅크리고 방패를 내밀어 놈들의 공격을 차단했다.

"후우……."

방패에서 충격이 연이어진다.

크워어엉!

방패를 문 채로 머리를 거칠게 휘두르는 늑대, 방패에 달려들면서 몸통으로 박치기를 하는 늑대, 그리고 앞발을 거칠게 휘두르는 늑대까지.

현재 남은 HP를 먼저 확인했다.

296이라. 여유가 있다.

쿠웅!

그때 다시 한 마리가 박치기를 해왔다. 놈이 또다시 박치기를 하기 위해 뒤로 물러나는 순간 손에 들고 있던 방패를 오른쪽으로 강하게 던졌다. 그 탓에 방패를 물고 있던 한 마리가 허공을 날았다.

한 마리는 허공을 날아갔고 한 마리는 박치기를 위해 뒤로 물러나 있었다. 남은 녀석은 정면에 있는 한 마리. 검을 뻗어 놈을 공격했다.

검에 관통당한 늑대가 울부짖으면서 뒤로 물러났다. 무혁은 빠르게 놈을 따라갔다. 그 탓에 나무에서 떨어졌고 빈틈을 노리던 나머지 두 마리 늑대가 등 뒤로 접근해 왔다.

그러곤 바닥을 차면서 점프하더니 무혁의 비어 있는 등을 무차별적으로 공격했다. 어차피 아주 작은 통증이었고 HP 역시 넉넉했기에 무시하기로 했다.

다시 검을 뻗었다.

깨갱!

몇 번의 칼질로 정면에 있던 늑대를 처리한 후 몸을 틀었다. 거리를 벌리며 경계하는 두 마리의 늑대.

남은 HP는 260가량.

끝났군.

승리가 확정되는 순간이었다.

마지막 늑대를 처리하니 레벨이 상승했다.

[레벨이 상승합니다.]

[1차 전직을 할 수 있습니다.]

무혁의 입가로 미소가 그려졌다.

드디어……!

늑대가 떨어뜨린 이빨을 인벤토리에 넣은 후 서둘러 그곳을 벗어났다. 약 20분을 이동하자 늑대의 숲에서 빠져나올 수 있었다.

일단 전직부터.

10분을 더 나아가니 성문이 보였다. 그곳을 통해 광장에 도달한 무혁은 오른쪽으로 꺾어 들어가다가 다시 왼쪽 작은 길로 진입했다.

그 길의 끝에 전직을 도와주는 흑마법사 길드가 있었다. 문을 열고 들어가니 중앙에 위치한 여인이 반겼다.

"어서 오세요. 무슨 일로 오셨나요?"

"전직하려고요."

"전직은 2층에서 도와주고 있답니다. 워프 존으로 올라가서 숫자 2를 생각하시면 됩니다."

"아, 네."

그녀의 말에 가볍게 고개를 끄덕인 후 워프 존에 올라섰다. 숫자 2를 떠올리니 빛이 뿜어지면서 그를 감쌌다. 빛이 사라졌을 땐 어느새 2층에 도착한 후였다. 가장 먼저 책상에 앉아 서류를 보고 있는 중년인이 보였다.

그가 고개를 들었다.

"이방인이군. 전직을 하고 싶어서 왔나?"

"네."

"한번 이 길로 들어서면 되돌릴 수 없네. 신중하게 결정하게."

"제 결심은 변하지 않습니다."

그 말에 중년인이 미소를 지었다.

"단호함은 마음에 드는군. 좋아, 가까이 오게. 과연 직업을 가질 자격이 있는지 알아보겠네."

걸음을 내디뎌 그의 앞에 멈췄다. 그가 손을 들어 올렸다.

화악.

빛이 무혁을 휘감았다.

"으흠……."

중년인의 표정이 묘하다.

"흑마법사는 머리가 좋아야 한다네. 그런데 자네는 신체적인 재능이 훨씬 앞서는군. 그렇다고 흑마법사가 되지 못하는 건 아닐세, 내가 자네의 재능이 균등할 수 있도록 맞춰주면 될 일이니까. 하지만 그러기 위해서는 나의 시험을 통과해야 하는데, 어떤가? 시험을 보겠나? 물론 시험을 보지 않고서도 전직은 가능하네. 다만 내가 균형을 맞춰줄 수 없겠지."

이것 역시 일루전의 숨겨진 정보였다. 1차 전직을 할 수 있는 10레벨이 되었을 때 전직을 하고자 하는 직업의 주력 스탯이 아닌 다른 스탯을 찍었다면 교관이 특별한 퀘스트를 내어준다. 그 퀘스트를 클리어할 경우 추가적인 보너스 스탯을 얻을 수 있다.

이 정보 역시 반년은 지나야 밝혀진다. 왜냐고? 대부분의 유저, 아니, 정신이 제대로 박힌 사람이라면 당연히 전직하고자 하는 직업의 주력 스탯을 위주로 찍기 때문이다.

마법사가 힘, 민첩, 체력을 찍어서 뭐 하겠는가.

전사가 지식, 지혜를 찍는다?

레벨 1에 보너스 포인트 1을 얻는 일루전이기에 스탯 하나하나가 더욱 중요하다. 그런데 무의미하게 포인트를 소모한다는 것은 제정신이라면 결코 하지 않을 짓이다.

그런데 그 짓을 무혁이 했다. 무혁은 알고 있었기 때문이다. 퀘스트를 줄 것임을, 그리고 어떤 퀘스트인지까지도.

"어떤가? 시험을 보겠나?"

질문과 동시에 홀로그램이 떠올랐다.

[전직을 위해서]

[늑대를 쓰러뜨리고 이빨을 가지고 올 것(0/10).]

[성공할 경우 : 추가 보너스 스탯 획득.]

[퀘스트를 수락하시겠습니까?]

무혁은 고개를 끄덕였다.

"시험을 보겠습니다."

퀘스트가 수락되었고 동시에 클리어가 가능하다는 메시지가 떠올랐다. 늑대를 사냥하면서 얻은 이빨이 무려 20개가 넘기 때문이었다.

무혁은 웃으며 흑마법사 길드를 벗어났다. 5초를 기다린 후 다시 안으로 들어갔다.

"에? 다시 오셨네요?"

"네."

안내하는 여인의 말을 무시하고 워프 존에 올랐다. 2층에 도착하니 중년인이 고개를 갸웃거렸다.

"왜 다시 왔나?"

"이빨을 구해 왔으니까요."

"이빨을?"

"네."

"방금 나가지 않았나?"

그저 웃을 뿐이었다.

"크흠, 일단 확인해 보지."

그에게 다가가 늑대의 이빨 10개를 건넸다. 늑대의 이빨이 지닌 특유의 생김새를 확인하며 고개를 끄덕였다.

"맞군."

"그럼 시험은 통과한 겁니까?"

"물론이네."

중년인이 갑자기 몸을 일으켰다. 손을 뻗더니 무혁의 어깨에 턱 하고 올렸다.

"눈을 감게."

"아, 네."

그의 말을 따랐다. 잠깐의 침묵이 흐르고 기묘한 에너지가 중년의 사내에게서 뿜어지더니 무혁의 주변을 맴돌았다.

에너지는 시간이 지날수록 커져 갔고 이윽고 공간의 반을 채웠을 때, 무혁에게로 흡수되었다.

[1차 전직을 완료합니다.]

[지식(3)이 상승합니다.]

[지혜(3)가 상승합니다.]

[추가적으로 지식(2)과 지혜(2)가 상승합니다.]

중년인이 손을 떼었다.

"후우, 끝났네."

"감사합니다."

본래 전직으로 증가하는 지식과 지혜는 각각 3이다. 하지만 숨겨진 정보를 이용해서 무혁은 각각 5의 상승을 이뤄냈다.

훗날 밝혀질 정보 하나를 이용해 다른 이들보다 무려 4개의 수치를 앞서가게 된 것이다. 반년 후에 정보가 밝혀져도 랭커들에겐 무의미하다. 다시 10레벨로 돌아가서 전직을 할 순 없으니 말이다.

"자, 이제 스킬을 선택해야 하네."

"네."

"그건 3층으로 가 보게나."

무혁은 인사한 후 바로 3층으로 올라갔다.

그곳에서 여러 가지 설명을 들었다.

"흑마법사는 여러 갈래로 나눠지지. 크게 보조 법사, 공격 법사, 그리고 네크로맨서라네. 여기서 한 가지를 택해야 스킬을 배울 수 있지. 어느 길로 가길 원하나?"

"네크로맨서가 되겠습니다."

"후회하지 않겠나?"

"네."

"좋아, 그럼 현재의 자네가 익힐 수 있는 네크로맨서 스킬을 보여주지. 지금 보여주는 스킬 중에서 하나라도 배우게 되면 저주 법사나 공격 법사가 될 수 없다네. 물론 보다 더 큰 그릇이 된다면 하위 계열의 기술도 몇 가지는 익힐 수 있지만 지금의 자네에겐 해당 사항이 없으니 신중히 생각하게."

무혁은 눈앞에 떠오른 창을 살폈다.

[흑마법사-네크로맨서 계열]

[스켈레톤 소환]

[좀비 소환]

그게 전부였다. 무혁은 웃으며 두 가지 모두를 택했다.

"스켈레톤 소환, 좀비 소환을 배우겠나?"

"예."

"5실버네."

값을 치르고 소환서 두 개를 획득했다.

책을 펼치니 그곳에서 뿜어진 글귀들이 머릿속으로 절로 흡수가 되었다.

[스켈레톤 소환서를 익혔습니다.]

[좀비 소환서를 익혔습니다.]

곧바로 스킬창을 확인했다.

[스켈레톤 소환 1Lv(0%)]

스켈레톤 1마리를 소환할 수 있다. 기술의 레벨이 높아질수록 소환 가능한 숫자와 10초당 소모되는 MP가 증가한다.

-10초마다 소모되는 MP : 한 개체당 마나 1

[좀비 소환 1Lv(0%)]

좀비 1마리를 소환할 수 있다. 기술의 레벨이 높아질수록 소환 가능한 숫자와 10초당 소모되는 MP가 증가한다.

-10초마다 소모되는 MP : 한 개체당 마나 1

10초마다 소모되는 MP를 보는 순간 미간이 찌푸려졌다. 이미 알고 있었지만 막상 현실로 다가오니 짙은 한숨만이 새어 나왔다.

열 마리만 소환해도 10초마다 10마나가 소모된다. 아니, 그때가 되면 더 많이 소모될 것이다. 아무튼 10의 마나가 소모된다고 가정한다면 전체 마나량이 2,000이어도 겨우 33분가량밖에 유지하지 못한다. 한숨이 나올 수밖에 없다.

괜찮아, 조폭 네크가 되면 부담이 줄어드니까. 그리고 다른 방법으로도 충분히 커버가 가능하다. 지금처럼 꾸준히 숨겨진 정보를 이용해서 스탯을 올리면 된다. 그게 정 힘들다면 아이템으로 MP의 분당 회복률을 극단적으로 높이는 것도 하나의 방법이다.

"가 보겠습니다."

"그래, 고생하게."

무혁은 스킬 판매원과 인사를 나누고 흑마법사 길드를 빠져 나왔다. 시간을 보자 벌써 9시 20분이었다.

으음, 조금 쉬어야 하나?

일단은 상태를 확인했다. 지식과 지혜가 9였다.

후우, 나쁘지 않아.

지식은 마법 공격력과 MP의 절대량을 증가시킨다. 문제는 마법 공격력을 아무리 높여봤자 스켈레톤이 강해지는 건 아니라는 이야기다.

스켈레톤은 본 캐릭터의 스탯에 영향을 받기 때문에 힘, 민첩, 체력을 올려야 한다.

그렇다고 지식을 포기할 수도 없는 일이다. 훗날 조폭 네크로 전직하면 스켈레톤 메이지를 소환할 수 있게 되는데 메이지의 대미지는 본 캐릭터의 지식에 영향을 받는다.

게다가 지식이 높아야 MP의 절대량이 늘어나니 이 스탯에 관해서만큼은 절대로 포기라는 단어를 사용할 수가 없다.

그럼 지혜를 포기하면 되지 않냐고? 그것 역시 좋은 방법은 아니다. 지혜가 상승하면 MP의 분당 회복률이 증가하는데 이것은 소환수를 유지하는 데 필수적이다. 극단적으로 MP 회복률을 높일 경우, 사용되는 MP보다 차오르는 속도가 더 높아질 수도 있다. 그러기 위해서라도 지혜는 필수였다.

절대로 아이템의 힘만으로는 그렇게 만들 수가 없다. 초반에 붙어 있는 옵션이야 MP 회복률이 절대 수치로 증가하지만 그건 정말 초반에나 쓸모가 있을 뿐이다.

정말 괜찮은 아이템은 퍼센트로 붙어서 나온다. 예를 들어서 'MP의 분당 회복률 20퍼센트 증가.' 이런 식으로 말이다.

그러니 지혜를 올려서 기본을 탄탄히 하는 게 중요했다. 지혜의 중요성은 그게 다가 아니다.

지혜는 소환수의 사고력에도 영향을 미친다. 사고력이 높아지면 스스로 생각하게 되고 그것은 곧 전투력으로 귀결된다.

멍청하게 한 대 맞고 한 대 때리는 것을 반복하는 것과 피하면서 때리는 것, 어느 것이 더 전투력이 높겠는가. 당연히 후자다. 지혜는 그런 부분에 큰 영향을 주는 스탯이었다.

결국 어느 것 하나 포기할 수가 없었다.

"결국은 망하거나, 흥하거나."

둘 중에 하나다.

정보를 최대한 활용할 경우, 그러니까 계획대로만 흐른다면 충분히 흥할 수 있다.

하지만 어느 순간 삐끗하게 되면 망할 것이다. 그러니 조금도 쉴 수가 없다. 방심할 수도 없다. 그러니까 움직여야 한다. 네크로맨서야말로 진정한 노가다 캐릭이니까.

하아, 그래. 휴식은 보류.

다시 사냥터로 향했다.

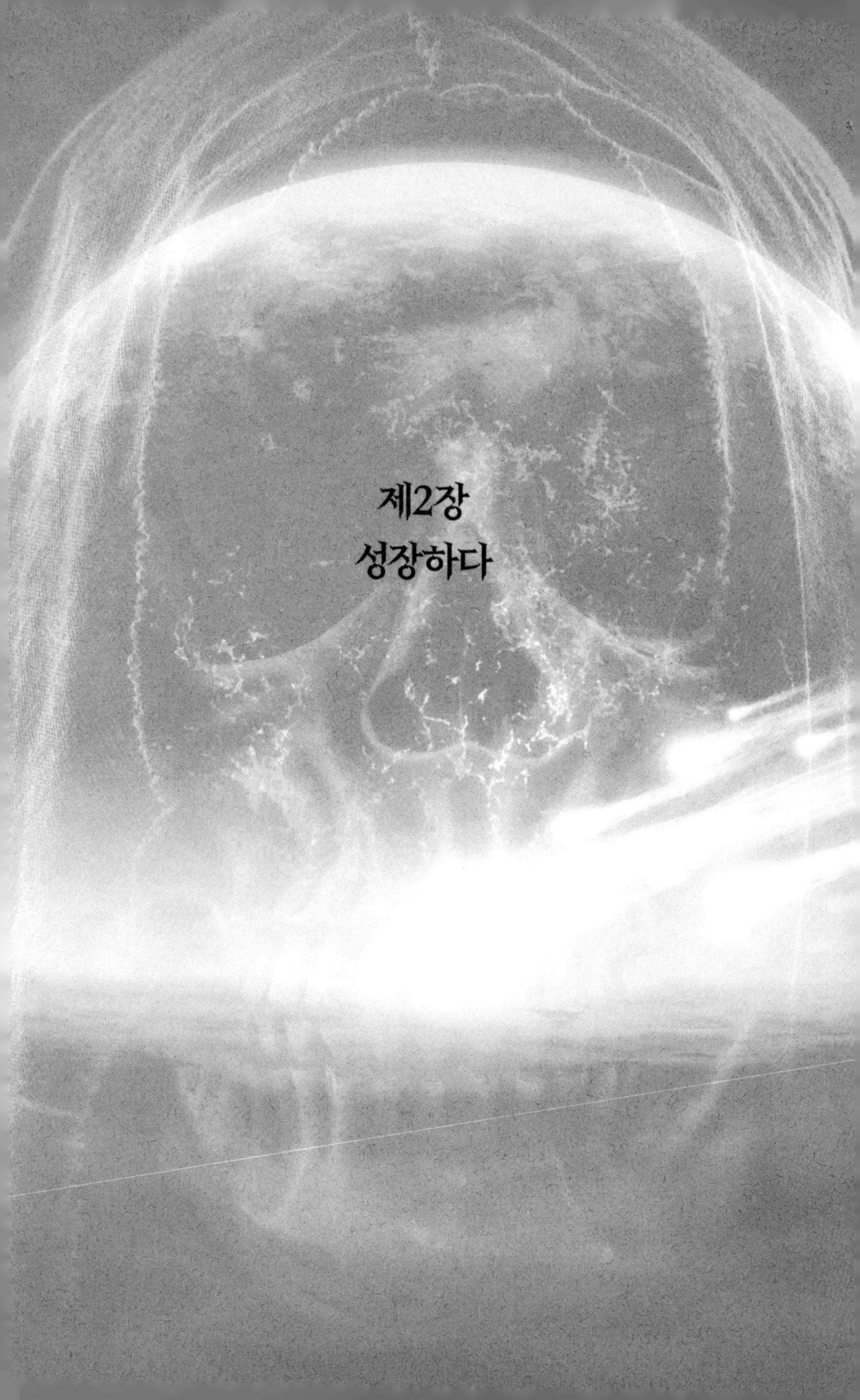

제2장
성장하다

잠에서 깬 강무혁은 흐느적거리며 부엌으로 향했다. 냉장고의 문을 열어 물통을 꺼내어 뚜껑을 땄다. 망설임 없이 주둥이를 입으로 밀어 넣었다.

꿀꺽, 꿀꺽.

시원함이 목구멍을 타고 내려갔다.

"크으."

이후 간단하게 옷을 갈아입고 밖으로 나갔다. 헬스장에서 1시간 30분가량 운동을 하고 샤워를 한 후 집으로 돌아오는 길에 아침을 사먹었다. 그리고 집에 도착하니 벌써 오후 1시가 지난 상태였다.

충분히 준비를 끝내고 일루전에 접속했다.

숲 속에 등장했지만 다행히 몬스터는 없었다.

상태창 확인.

레벨을 확인하는 무혁의 표정이 썩 좋지 않았다.

늑대를 무려 3일 동안 사냥했다. 그런데 그 결과가 겨우 레벨 13이었다. 1차 전직 이후 극악의 레벨 업 속도를 자랑하는 게임다웠다.

물론 실망할 이유는 없었다. 레벨은 낮았으나 물리 공격력이 60에 달했고 HP가 450이 넘었다. 공격 속도와 이동속도 역시 무시하지 못할 수준이다.

여기에.

"스켈레톤 소환."

한 마리의 스켈레톤과.

"좀비 소환."

한 마리의 좀비가 팀을 이루니 동레벨 몬스터를 상대로는 어떠한 긴장감도 느끼지 못할 전력이 되었다.

본 캐릭터의 수치만으로도 능히 10레벨 후반대의 몬스터를 사냥할 수준인 것이다. 스켈레톤과 좀비도 있으니 이젠 보다 강력한 사냥터로 이동할 때라는 판단이 들었다.

"가자."

무혁이 나아가자 그 뒤를 스켈레톤과 좀비가 따른다.

키릭, 키리릭.

그르르.

특유의 소리를 내뱉으면서.

얼마 후 도착한 곳은 거대 곰의 서식처였다. 유저들이 자리를 잡고 있었다.

"흐음……."

다행히 유저보다 곰이 더 많아 보였다.

"야, 막아!"

"힐부터!"

"공격 마법 쏘라고!"

무혁은 30분을 돌아다니다 그나마 한적한 곳에서 멈췄다. 마침 한 마리의 곰이 무혁의 앞에 리젠되었다.

놈들은 몸을 일으킬 경우 키가 3.5미터를 훌쩍 넘어선다. 말이 3.5미터지 직접 그 높이를 보게 되면 엄청난 위압감을 느끼게 되리라.

지금 무혁이 그러했다.

"더럽게 크네……."

정면에서 마주친 놈은 존재만으로도 포스를 풍겼다. 현실에서라면 마주치는 순간 '죽었다'라는 생각이 들게 만들 정도다.

아무리 게임이라곤 하지만 가상 '현실'이기에 기묘한 공포감이 전신을 물들였다.

하지만 '게임'이라는 사실도 충분히 인지하고 있기에 냉정할 수 있었다. 지금 가장 중요한 건 굳은 몸을 푸는 것이다.

"후우."

크게 심호흡을 하니 전신으로 서서히 활력이 돌기 시작했다. 긴장감이 풀려가는 그때.

크워어어어!

레벨 18을 자랑하는 거대 곰이 달려들었다.

"스켈레톤, 방어!"

간단한 명령은 알아듣는 스켈레톤이 달려드는 곰을 향해 몸을 던졌다.

한 번의 타격에 몸을 구성하는 뼛조각 몇 개가 사방으로 튀었다.

키릭!

덕분에 거대 곰의 돌진을 막았다.

"좀비, 잡아!"

좀비가 곰의 한쪽 다리를 끌어안았다.

그르르.

느린 몸이었으나 힘이 좋았기에 거대 곰의 움직임을 확실하게 방해할 수 있었다.

그사이 무혁은 빠르게 달려들며 검을 위에서 아래로 그었다.

서걱.

섬뜩한 감각과 함께 곰의 어깨에 상처가 생겼다.

크워어어어!

고통에 울부짖으며 몸부림을 치니 한쪽 다리를 잡고 있던 좀비가 옆으로 날아갔다. 그 압도적인 광경에 무혁은 미간을 찌푸리며 다급히 스켈레톤의 뒤쪽으로 물러났다.

막무가내로 달려든 곰이 스켈레톤을 앞발로 강하게 후려쳤다.

퍼석.

어깨뼈가 박살이 나면서 좀비와 마찬가지로 옆으로 한참을 굴렀다. 그 틈을 노려 검을 찔러 곰의 복부에 꽂았다.

엄청난 풍압을 느끼며 상체를 숙이니 머리 위로 앞발이 스치고 지나갔다. 그야말로 섬뜩한 순간이었다.

엄청난데…….

게임임에도 불구하고 이런 긴박한 긴장감을 느낄 수 있다는 사실에 또 한 번 놀랐다.

하지만 이긴다. 자신은 있었다.

몸을 굴려 옆으로 몸을 빼낸 후 방패를 들었다. 어깨로 강하게 부딪쳐 오는 곰과 힘으로 대결했다. 몸이 크게 흔들리긴 했으나 무혁은 쉽게 밀리지 않았다. 스탯 포인트를 15개나 투자한 힘이 그 능력을 발휘한 것이다.

좋아, 가능해.

생각보다 충격이 적다.

방패에 힘을 주며 밀어내니 곰의 균형이 묘하게 일그러졌다. 그 순간을 노리며 또다시 검을 그었다.

대략 일곱 번의 공격을 성공시켰을 때 몸 곳곳에 상처가 난 곰은 숨을 거칠게 헐떡이며 바닥에 주저앉았다.

"후우."

마무리를 위해 목을 그었다.

서걱.

은빛이 허공을 수놓고 놈은 회색으로 화했다.

상당한 경험치의 상승을 확인하며 무혁은 놈이 떨어뜨린 가죽을 주워 인벤토리에 넣었다.

이후 마나를 채우기 위해 휴식을 취했다. 주변을 둘러보는데 일부 유저와 눈이 마주쳤다. 하지만 그들은 곧 크게 신경 쓰지 않는 듯 고개를 돌렸다.

많은 유저가 포기했고 파티를 이루기에는 상성이 좋지 않은 직업이라 대부분의 네크로맨서가 홀로 사냥을 한다. 그러기 위해선 레벨보다 훨씬 낮은 곳을 돌아다녀야 했다. 무혁 역시 그런 이들 중에 하나로 여겼으리라.

뭐, 나야 좋지.

어차피 남의 시선을 신경 쓰진 않는다. 완전히 무시할 수 없는 것도 사실이었지만 다행스럽게도 곰 서식지 정도까지 올라오니 그런 시선에서 자유로워진 것 같았다.

그래도 나중에 투구는 꼭 맞춰야지.

실없는 생각을 하며 다시 몸을 일으키는 무혁이었다.

사냥은 다음날까지 이어졌다.

그간의 사냥으로 거대 곰의 HP와 방어력, 그리고 공격력을 대략적으로 파악해 냈다.

HP는 400 정도, 방어력은 30으로 추정되었고 공격력은 95 수준이었다. 늑대의 공격력이 35 정도였으니 엄청난 차이였다. 늑대는 다수고 곰은 한 마리라는 점을 감안해도 상당한 공격력이었다.

곰의 공격에 한 번 맞으면 대략 85의 HP가 떨어진다. 크리티컬이 터지면 170이고.

현재 무혁의 HP가 400 후반이니 몇 번의 공격만 적중당해도 사망하게 될 것이다. 만약 스켈레톤과 좀비가 없었더라면 놈을 상대하는 건 불가능했을지도 모른다.

솔직히 죽을 위기도 몇 번 넘겼다. 하지만 무혁의 표정은 매우 밝았다. 웃고 있다고 해야 할까. 비록 소환물의 도움을 받는다고는 하지만 홀로 이곳을 누볐다. 다른 유저였다면 적어도 4인 파티는 이뤄야 했을 이곳을 말이다.

재밌어. 게다가 스릴이 엄청났다. 실제로 죽지 않음을 알면서도 죽음의 위협을 느꼈다. 거기서 느끼는 오싹함, 그리고 그 오싹함을 극복하고 놈을 쓰러뜨렸을 때 얻었던 극한의 희열.

"후아……."

호흡을 고르며 미소를 지웠다. 다시 앞으로 나아갔다.

더, 더 많이 사냥하고 싶어.

현재 레벨 14. 하나만 더 올리면 스킬을 배운다. 바로 앞에 목표가 있으니 의욕이 고취되지 않을 수 없었다.

크르르.

마침 거대 곰 한 마리가 나타났다.

"좀비, 스켈레톤 공격!"

좀비와 스켈레톤이 곰에게 다가갔다. 세 마리가 어우러졌을 때 무혁 역시 곰을 향해 뛰어들었다.

결국 15레벨을 달성했다.

곰 사냥을 마치고 왕국으로 돌아온 무혁은 잡화점부터 들렀다. 가게를 운영하는 중년의 부인이 웃으며 반겼다.

"어서 오세요."

"네, 안녕하세요."

"뭐 필요한 거라도 있으세요?"

"물건 좀 팔려고요."

"한번 볼까요?"

무혁은 인벤토리에서 그간 사냥해서 모았던 것들을 쏟아냈다. 탁자 위에 가득 올라온 물건을 보며 주인장이 눈을 빛냈다.

"어디 보자……."

물건을 하나씩 살피며 계산을 하기 시작했다.

"늑대 발톱은 개당 3실버에……."

늑대 발톱, 거대 곰의 가죽, 거대 곰의 이빨, 거대 곰의 쓸개 등등. 종류도 많았고 수량도 많았기에 시간이 제법 걸렸다.

"후우, 전부 다해서 6골드 78실버네요."

"전부 팔겠습니다."

"고마워요."

그녀가 돈을 지불했다. 금액을 받은 후 잡화점에서 나와 곧바로 흑마법사 길드로 향했다.

안으로 들어선 후 3층으로 올라가 배울 수 있는 스킬을 확인했다.

[뼈 조립]

[사체 분해]

두 가지였다.

"전부 배울게요."

"알겠네. 2골드일세."

값을 치르고 책을 받았다.

펼치는 순간.

[스킬 '뼈 조립'을 습득합니다.]

[스킬 '사체 분해'를 습득합니다.]

스킬을 획득했다.

무혁은 건물을 벗어나 대장간을 찾아갔다. 제작을 배워 특수 스탯을 획득하기 위함이다. 물론 검을 만들어 팔아 기본적인 자금을 마련할 생각도 있었다.

무혁만 알고 있다. 힘의 수치가 높을수록 뛰어난 옵션이 만들어지고 제작 스킬이 높아질수록 사용 제한이 붙는다는 것을.

사용 제한이 붙는 게 스킬 4레벨부터였지.

다시 말해 제작 스킬의 레벨이 3이 되었을 때 힘의 수치가 월등히 높다면, 사용 제한이 없는 뛰어난 옵션의 아이템이 만들어진다는 소리다. 그런 아이템은 아주 비싼 가격에 거래가 된다. 그 돈을 자금으로 해서 필요한 방어구를 맞출 생각이었다.

"실례합니다."

대장장이로 보이는 노인 한 명이 나오더니 무혁을 보며 뚱하게 물었다.

"무슨 일이냐?"

"혹시 일손이 부족하지 않으십니까?"

"일손? 항상 부족하지."

여전히 심드렁한 그의 모습에도 무혁은 웃었다.

대장간에서 제작과 수리를 배울 수 있는 시기는 레벨 15. 필요한 것은 힘 스탯 8 이상을 지닌 상태에서 대장장이에게 다가가 일손이 부족하다는 키워드로 대화를 이어 나가는 것.

"제가 돕고 싶어서 그럽니다."

"우리 일을?"

"네."

"흐음, 망치는 좀 휘둘러 봤고?"

"처음입니다. 하지만 열심히 배우겠습니다."

대장장이 노인이 고민한다. 가만히 살펴보는 그 눈길에도 무혁은 덤덤히 기다렸다. 이미 그가 어떤 선택을 할지 알고 있기 때문이었다.

"힘은 있어 보이는군. 좋아, 한번 기회를 주지."

동시에 퀘스트가 떠올랐다.

[대장장이의 시험]

[철검을 제작할 것(0/1).]

[성공할 경우 : '무구 제작' 스킬 획득.]

[실패할 경우 : 재도전 불가.]

[퀘스트를 수락하시겠습니까?]

당연히 예스였다. 반드시 제작 스킬을 배워야 했으니까.

"감사합니다."

"따라오게."

그를 따라 건물 내부로 들어갔다. 안쪽에 작업장이 있는 모양이었다. 조금씩 망치질 소리가 들려오기 시작했다. 저 멀리 있는 철문에 가까워질수록 더욱 커졌다.

탕, 타앙!

문 앞에 도착한 노인이 손잡이를 들었다가 놓았다. 은은한 소리가 넓게 퍼졌다. 다시 들었다가 놓기를 두 번 더 반복했다. 그제야 행동을 멈춘 노인이었다.

잠깐 기다리니 철문이 열리기 시작했다. 거친 쇳소리가 퍼지면서 내부가 드러났다. 동시에 밖으로 얼굴을 들이민 뜨거운 열기가 무혁의 피부에 닿았다.

"음……."

생각보다 더 후끈했다. 어느새 작업장 내부로 들어선 노인을 발견한 무혁이 서둘러 걸음을 옮겼다.

까앙! 깡!

곳곳에서 망치질 소리가 울린다. 대장장이들은 여지없이 작업에 몰두하고 있었고 노인을 안내하는 것은 견습으로 보이는 젊은 사내였다.

젊은 사내는 노인의 앞에서 연신 눈치만 보고 있었다. 어려워한다는 것을 누가 보더라도 알 수 있을 정도였다.

"가서 일이나 봐라."

"아, 네!"

견습을 물린 노인이 걸음을 멈췄다. 한 대장장이의 뒤쪽이었다.

"어떠냐?"

무혁은 말없이 작업을 지켜봤다. 철을 판 위에 놓고 망치질을 몇 번 하니 거짓말처럼 검의 모양을 갖춰 나갔다. 현실이었다면 불가능한 일이었다. 검 하나를 만들기 위해서 족히 2개월은 걸릴 테니까. 그 과정도 녹록치 않다. 철을 녹여 불순물을 걸러내야 하고 망치로 두드리는 일만 수십 일을 지속해야 한다.

하지만 여기는 게임이다. 겨우 검 하나를 위해서 그 긴 시간을 투자할 순 없는 일이다. 그렇기에 눈에 보일 정도로 빠르게 검이 만들어지고 있었다.

"대단하군요."

"클클, 보는 눈이 있군."

진심으로 감탄했다.

노인 역시 그 기색을 읽은 모양이었다.

"따라오너라."

다시 걸음을 멈춘 곳은 비어 있는 작업판 앞이었다.

노인은 자리를 잡더니 쇠 하나를 판 위에 올렸다. 그러곤 옆에 세워진 망치를 들었다.

"한 번만 가르쳐 줄 것이니 집중하도록 해라."

"예."

노인의 작업이 시작되었다. 무혁은 하나도 놓치지 않기 위해 눈을 부릅떴다. 반짝거리는 눈빛에 노인이 부드럽게 웃으며 설명했다.

"이건 제작을 위한 전용 망치다. 이 망치를 쥐고 두드리기 시작하면 철의 결이 보인다. 그 결을 정확하고 강하게 때려야 좋은 물건이 생성된다. 결을 맞히지 못하는 횟수가 증가할수록 품질이 떨어지니 그것도 주의해야 하고."

"힘과 손재주가 중요하겠군요."

"오호, 머리가 제법 굴러가는군."

무혁이 피식 웃었다.

아주 기본적인 정보였으니까.

하지만 부족하다. 좀 더 좋은 보상을 얻기 위해선 노인의 마음을 흔들어야 한다. 그래야 기존보다 집중할 것이고 그러해야 더 좋은 무기가 탄생되기 때문이다.

노인이 만든 수준 높은 무기를 살펴보게 되면 앞으로 얻게 될 손재주 스킬의 추가적인 상승을 기대할 수 있을 것이다.

하지만 이 노인은 너무 까다로웠다.

지금 상황에서 뭘 해야 하지?

고민하는 사이 노인의 망치질이 끝을 달리고 있었다.

타앙!

철이 우그러지더니 모양이 변했다. 벌써 검의 모양이 나타났다. 3분을 더 두드리니 빛과 함께 제대로 된 검신이 만들어졌다.

노인은 검을 보며 만족스럽게 웃더니 아래쪽에 놓인 거친 입자의 돌멩이를 꺼내어 그것으로 날을 갈기 시작했다. 이후 옆쪽 상자에 놓인 손잡이와 검을 연결시켰다.

손잡이가 떨어지지 않는 작업을 거치고서야 완성이 되었는지 그것을 무혁에게 건넸다.

"어떠냐?"

무혁은 검의 상태를 확인했다.

[빛나는 철검]

공격력 55

힘 +4

민첩 +3

내구도 90/90

사용 제한 : 힘 35, 체력 20

공격력이 무려 55에 스탯까지 올려준다. 그 수치 역시 상당히 높았다. 사용 제한이 힘 35에 체력 20이라고는 하지만 그 정도는 충분히 감내할 가치가 있었다.

"엄청나네요……."

"허허, 그러냐?"

노인이 자리에서 물러섰다.

"이제 만들어 봐라. 그 정도까진 바라지 않으마. 적어도 평범한 철검까진 만들어야 한다."

"알겠습니다. 저기, 그런데……."

"뭐냐?"

"이런 무기는 상점에서 찾아볼 수 없던데요. 안 파는 건가요?"

"클, 이런 무기는 이방인들에게 팔지 않는다."

"왜죠?"

"그들은 아직 자격이 없으니까."

"단지 그 이유뿐인가요?"

"물론 아니지. 지금은 왕국 기사단에 납품하는 것만으로도 바빠."

무혁은 고개를 끄덕였다.

레벨이 높아지면 판매할 수도 있다는 이야기네.

물론 그때가 되면 대장장이 유저들의 실력이 더 높아지겠지만 말이다.

생각의 정리를 마치고 무혁은 자리를 잡았다. 뭉툭한 철괴를 판 위에 올리고 망치를 쥐었다.

"후우……."

심호흡을 크게 했다.

그 순간이었다.

['임시 대장장이'로 적용됩니다.]

['평범한 보상'을 획득합니다.]

['특수 스탯(손재주)'이 생성됩니다.]

메시지가 떠오름과 동시에 무혁의 입가가 올라갔다. 손재주가 생성된 덕분이었다. 제작 스킬을 배우기 위한 가장 큰 목적이 바로 이것이었다.

특수 스탯인 손재주. 이것은 제작에도 도움을 주지만 오늘 배웠던 스킬, 뼈 조립에도 큰 영향을 미친다.

이 역시 일루전이 오픈하고 시간이 꽤 흘러서야 밝혀지는 정보였으나 지금의 무혁은 시작부터 그 모든 이득을 취하고 있었다.

하지만 이내 입가의 미소가 사라졌다. 아쉬웠기 때문이다. 노인의 마음을 더 흔들었더라면, 그래서 보다 더 좋은 무기를 봤더라면 아마도 손재주 스탯이 추가로 상승했으리라.

이미 지난 일이야.

고개를 흔들며 아쉬움을 털어냈다. 여전히 무혁만이 할 수 있는 것이 많이 남아 있다. 이렇게 조금씩 앞서가면 된다. 물론 선두에 설 수 있다는 보장은 없었다. 그 정도로 조폭 네크의 길은 힘겨우니까. 그래도 한 가지는 확실했다.

아주 재밌으리라.

스윽.

망치를 들어 올렸다. 그러자 결이 조금 더 명확하게 보였다. 처음이라 조심스럽게 망치를 휘두르니 메시지가 눈앞에 떠올랐다.

[결을 맞혔습니다.]

[파괴력이 부족합니다.]

[손재주의 보정을 받아 진행도(0.8퍼센트)가 상승합니다.]

진행도가 상승했다. 하지만 파괴력이 부족하다는 메시지를 보고 무혁은 전력을 다해서 결을 내려쳤다.

[결을 맞히지 못했습니다.]

[진행도(0.5퍼센트)가 하락합니다.]

미간이 찌푸려졌다. 이번엔 힘을 아주 조금만 줄이고 대신 정확도를 높였다.

다행히도 결을 맞혔다. 이번에는 진행도가 1.2퍼센트 상승했다. 또다시 휘둘러 진행도를 올렸지만 다시 결을 맞히지 못해서 진행도가 하락했다.

카앙! 타앙!

몇 번의 오르내림으로 현재 총 진행도는 11퍼센트.

"후우."

생각보다 어렵네, 제대로 집중하자.

메시지를 완전히 꺼버렸다. 뒤이어 망치를 든 무혁의 눈이 차갑게 가라앉았다. 어느새 극도로 발휘된 집중력 속으로 결이 사로잡혔다.

무혁의 망치가 휘둘러졌다.

타앙! 타앙!

몇 번이나 결을 맞혔을까, 환한 빛이 뿜어졌다. 검신이 완성된 것이다.

집중해서 날을 갈고 손잡이를 끼워 넣었다. 그제야 꺼놓았던 메시지를 오픈했다. 기대하지 않았던 메시지 하나가 보였다.

[처음으로 무구를 제작했습니다.]

[보상으로 손재주(1)가 상승합니다.]

만들어진 검을 확인했다.

[평범한 철검]

공격력 5

내구도 20/20

정말로 평범한 수준의 검이었다. 하지만 실패작은 아니었기에 당당히 노인에게 다가가 직접 만든 검을 건넸다.

"어디 볼까."

노인이 검을 자세하게 살폈다. 이내 흡족한 표정을 짓는다.

"나쁘지 않군."

그 말과 함께 퀘스트가 완료되었다. 보상 역시 얻었다.

[스킬 '무구 제작'을 습득합니다.]

노인이 말했다.

"검을 한 번 만든 것으로 제작을 배웠다고 착각하지 마라. 충분히 실력을 단련해야 제대로 된 무구가 나올 테니까. 내일부터 작업장으로 나오도록."

여기서 거절하면 안 된다. 그럼 강제로 제작 스킬이 취소되리라.

무혁은 고개를 끄덕였다.

"예."

어차피 스켈레톤이 강해지기 위해서는 손재주 스탯을 높일 필요가 있었다. 상승한 손재주의 힘을 빌려 뼈 조립으로 스켈레톤을 성장시키고 목표로 했던 그곳에 도전할 생각이었다. 성장을 확실하게 도와줄 특수 던전에 말이다.

망치를 휘둘렀다.

[결을 맞혔습니다.]

[힘의 배분이 절묘합니다.]

[손재주의 보정을 받아 진행도(2.4퍼센트)가 상승합니다.]

벌써 일주일째 검을 만드는 중이었다. 힘겨운 노동이었지만 스킬 레벨이 상승할 때마다 손재주 스탯이 1씩 상승하기에 충분히 감내할 수 있었다. 지금의 노력이 훗날 달콤한 과즙으로 변해 입안을 적셔줄 것이다.

“후우.”

긴 호흡을 내뱉고 다시 망치를 들었다.

강하게 내려쳤다.

카앙!

진행도가 다시 2.5퍼센트 상승했다.

이제 열 번을 휘두르면 일곱 번은 결을 제대로 맞혔다. 덕분에 검이 만들어지는 속도도 빨랐고 성능 역시 더 좋았다.

이번에 만들어진 검신은 지금까지 만든 것들 중에서도 가장 매끄러웠다.

그 순간이었다.

[무구 제작 스킬의 레벨이 상승합니다.]

[손재주(1)가 상승합니다.]

2레벨이었던 제작 스킬이 3레벨로 상승했다. 덩달아 손재주까지.

좋아!

스킬 레벨이 상승하면 무기 제작을 할 때 차이가 확연하게 느껴진다. 정확도가 높아지는 것은 물론이고 한 번 두드릴 때마다 상승하는 진행도 역시 증가한다. 덕분에 더 짧은 시간 안에 무기를 만들 수 있었고 그것은 보다 좋은 옵션으로 귀결되었다.

물론 이것은 무혁의 힘이 일반 유저에 비해 비상식적으로 높기에 가능한 일이었다. 10레벨에 이미 15였던 힘이 15레벨이 되면서 20으로 증가했다. 5개의 포인트를 모두 힘에 투자한 것이다. 그러니 스킬 레벨 하나의 변화에도 민감하게 반응하는 것이다.

대장장이를 목표로 하는 다른 유저가 15레벨에 도달할 경우 힘 스탯은 보통 10 정도다. 무혁은 그 수치의 두 배에 달하는 힘을 지니고 있었다. 당연히 무기를 만드는 속도가 그들보다 빠를 수밖에 없고 덩달아 결과도 좋을 수밖에 없었다.

그러한 점이 순기능을 하면서 스킬의 경험치가 빠르게 올랐고 일주일 만에 3레벨을 만들 수 있었다.

드디어 때가 왔다.

스킬의 레벨 3, 힘 수치는 20.

사용 제한이 없는 뛰어난 옵션의 무기를 만들 수 있는 것은 오직 지금뿐이다.

힘이 아무리 높아도 스킬 레벨 1로는 옵션이 붙은 검을 만들 수 없다. 옵션은 스킬 레벨 3부터 붙기 시작한다. 레벨 4가 되면 두 개의 옵션이 붙기 시작하지만 매우 높은 확률로 사용 제한이 붙게 된다.

무혁은 손에 들린 무기를 훑어봤다.

성능이 어떨까?

이번에 만들어진 무기는 연달아서 7번이나 결을 맞히는 신기록까지 세웠다. 3레벨인 지금은 사용 제한이 붙을 확률도 낮으니 옵션이 붙어만 있어도 중박은 된다. 기대감을 감출 수 없었다. 그런 생각으로 정보를 확인했다.

눈앞으로 떠오른 홀로그램.

[날렵한 철검]

공격력 11

민첩 +1

내구도 50/50

기대가 충족되는 순간이었다. 처음으로 스탯이 붙은 무기가 나온 것이다.

좋았어!

그 보상이라도 되듯 메시지 하나가 더 떠올랐다.

[처음으로 '희귀 등급'의 무기를 제작했습니다.]

[보상으로 손재주(1)가 상승합니다]

수련관 퀘스트를 깨고 얻은 빛나는 철검보다 공격력이 더 높았다.

대장장이가 제작한 무구의 경우 제작비만 넘기면 그 무구가 본인의 것이 된다. 무혁은 제작비 소량을 지불하고 검을 획득했다.

탄력을 받은 무혁은 연이어 검을 제작했고 다시 1주일에 걸쳐서 총 다섯 자루의 괜찮은 무기를 만들어낼 수 있었다.

전부 옵션이 붙어 있었고 사용 제한은 없었다. 대미지도 높은 편이기에 사람들에게 팔면 돈을 꽤나 받을 수 있을 것 같았다.

골드로 받아야겠네.

물론 한 자루는 직접 사용할 생각이었으니 판매할 검은 네 자루였다.

왜 현금으로 팔지 않냐고? 지금의 상태를 생각해 봤을 때 현금을 취하기보다는 골드를 벌어들여 괜찮은 무기와 방어구를 맞춰 전력을 강화하는 것이 더 중요했다.

아직 여유 자금도 3천만 원이 있는 상태였으니 현실의 삶을 걱정할 필요도 없다. 지금은 일루전에서 빠르게 성장하는 것에 초점을 맞추기로 했다.

"후우."

망치를 내려놓고 작업장을 나왔다.

사람들을 상대하고 있는 대장간 주인, 루크에게 다가갔다.

"루크 할아버지."

"무슨 일이냐."

"잠깐 경매장에 다녀올게요."

처음 시험을 통과하고 꾸준히 대장간에 나온 결과, 루크와 무혁은 보다 친해졌다. 덕분에 업무가 끝나지 않았음에도 이 정도 부탁은 충분히 할 수 있었다.

"경매장?"

"네, 확인 좀 할 게 있어서요."

"마음대로 해라."

무혁은 웃으며 고개를 살짝 숙였다.

"다녀올게요."

대장간을 나선 무혁은 큰 길로 나와 광장으로 향했다.

광장 왼쪽에 자리한 건물이 경매장이었다. 그곳엔 생각보다 많은 사람이 있었다.

사실 경매 시스템을 이용하면 직접 경매장을 찾지 않아도 쉽게 물건을 확인할 수 있다. 언제 어디서든 경매 시스템으로 매매가 가능한 것이다. 하지만 이 경우에는 수수료가 10퍼센트라는 단점이 있다. 경매장을 직접 이용할 경우에는 수수료가 1퍼센트밖에 안 되기에 많은 유저가 발품을 팔아 경매장을 찾는 것이다.

그래도 경매장이 워낙 넓어서 움직이는 데 불편함은 없어 보였다.

무혁은 유저들을 지나쳐 중앙에 위치한 NPC에게 향했다.

"저기요."

"네, 손님. 무엇을 도와드릴까요?"

"물건 판매하려고요."

"확인할 수 있을까요?"

"네."

인벤토리에서 검 네 자루를 꺼냈다.

"판매 방식은 어떻게 할까요?"

두 가지 방식이 있다. 시간을 두고 경매를 진행하는 방법과 처음부터 가격을 정해둔 채 판매하는 방법이다.

"경매로 하죠."

"시간을 정해주세요."

"24시간."

"시작 가격은 얼마로 할까요?"

"5골드로 할게요."

"두 번째 검은요?"

"나머지 검 전부 동일하게요."

"알겠습니다. 잠시만 기다려 주세요."

NPC가 손을 휘저으니 검 네 자루가 사라졌다.

"경매에 등록했습니다. 판매되는 경우 자동적으로 수수료 1퍼센트를 제외한 나머지 금액이 입금될 겁니다. 감사합니다."

인사를 받은 무혁은 천천히 경매장을 둘러봤다. 좋은 물건이 많았다.

[가죽 부츠]

방어력 2

체력 +1

내구도 60/60

사용 제한 : 체력 10

[즉시 판매 가격 : 15골드]

현금으로 환산하면 15만 원이다. 사용 제한이 있어서 그나마 가격이 싼 편이었다.

힘, 민첩, 체력을 골고루 올린다고 했을 때 체력 10을 찍기 위해서는 적어도 10레벨 후반이나 20레벨 초반은 되어야 한다. 그렇기 때문에 사용 제한이 15만 되어도 20레벨 중반에서 20레벨 후반은 되어야 착용할 수 있다.

옵션이 좋은데 사용 제한이 없다면? 상당한 금액에 거래되는 것이다. 이 아이템도 마찬가지다. 만약 사용 제한이 없었더라면 적어도 수십 골드 이상은 받을 물건이었다.

검이 얼마에 팔릴까, 기대감이 차오른다.

고개를 저었다.

어차피 내일이면 알게 될 일이니까.

잡념을 지우고 경매장에 진열된 물건을 조금 더 살폈다. 하지만 구입하고 싶은 물건이 나와도 돈이 없으니 바라만 봐야 했다.

쩝, 내일 오자.

아쉬움을 뒤로한 채 경매장을 나섰다.

대장간으로 돌아가니 루크가 말을 걸어왔다.

"요즘 실력이 많이 늘었다지?"

"아, 네."

"좋아, 그럼 제대로 된 검 한 자루 만들어 봐."

[루크의 퀘스트]

[스탯이 붙은 철검 한 자루를 만들 것(0/1).]

[제한 시간 : 18시간.]

[성공할 경우 : 손재주(1) 상승.]

[실패할 경우 : 없음.]

특별 퀘스트였다.

18시간이라……. 1주일에 걸쳐 다섯 자루의 옵션 검을 만들었다. 과연 18시간 안에 한 자루를 만들 수 있을까?

안 돼도 해야지, 보상이 무려 손재주의 상승이니까. 서두르자.

작업실로 들어가 자리를 잡은 후 철괴를 판 위에 올렸다. 제작 전용 망치로 철괴를 두드리기 시작했다.

레벨은 낮은 편이지만 돈이 넘쳐 나는 일부 유저는 수시로 경매 시스템을 이용하곤 한다.

"좀 쉬자."

"오케이, 난 경매 좀 볼게."

"나도."

사냥터에서도 예외는 아니었다.

경매 시스템.

생각하는 순간 홀로그램이 펼쳐졌다.

투명도를 조절하여 물건이 자세하게 보이도록 만들었다. 그 탓에 주변을 경계할 수 없게 되었지만 개의치 않았다. 어차피 주변에 모인 유저가 많아서 몬스터가 리젠되어도 그들이 어그로를 끌고 갈 것이 분명했기 때문이다.

그게 아니더라도 동료 한 명은 단순히 휴식만 취하고 있기에 걱정할 게 없었다. 위험한 상황이 되면 그가 알려줄 것이다.

어디 보자…….

식당 다섯 개를 운영하고 임대 사업까지 병행하던 그는 현재 모든 식당과 건물을 처분한 상태다. 덕분에 수중에 있는 현금만 50억이 훌쩍 넘었다. 결혼도 하지 않은 30대 후반의 그는 일루전에 모든 것을 바치기로 작정한 상태였다.

어제 투자한 현금만 3천만 원, 모두 골드로 바꿨다. 본래 지니고 있던 것까지 더해 5천 골드가 넘는다.

오, 이거 괜찮네.

고민할 것도 없이 즉시 구입했다.

이것도.

잠깐 사이에 무난한 액세서리 3개를 샀다. 체력과 힘을 1씩 올려주는 것이었다.

그때였다.

어?

현재 그의 레벨이 17.

대미지가 괜찮은 무기는 대부분 사용 제한이 있다. 그것도 꽤 높은 수준의. 그 탓에 지금 당장은 별로 좋지 않은 검을 사용하고 있었다. 그게 항상 불만이었는데 지금 사용 제한이 없는 검을 무려 4개나 발견했다.

[날렵한 철검]

공격력 13

민첩 +1

내구도 50/50

[강인한 철검]

공격력 16

힘 +1

내구도 50/50

[튼튼한 철검]

공격력 19

체력 +1

내구도 60/60

[명인의 철검]

공격력 21

힘 +1

내구도 75/75

마지막 물건, 명인의 철검이 눈에 꽂혔다.

공격력이 21에 힘까지……! 그런데도 사용 제한이 없다!

현재 그가 사용하는 검의 공격력은 11이었다. 스탯은 붙어 있지도 않다. 사용 제한이 없어서 그냥 쓰고 있었는데 명인의 철검을 본 이상 절대 놓칠 수 없었다.

경매 시작 금액이 5골드, 남은 시간은 24시간.

아직 1시간도 지나지 않은 상태였는데 현재 금액은 25골드였다.

이건 무조건 내가 산다. 어차피 금화는 넉넉하니 한 번에 크게 가자.

바로 입찰을 시도했다.

[입찰하시겠습니까?]

[Yes/No]

예스를 누르고.

[금액을 정해주십시오.]

30골드.

입찰 가격이 30골드로 뛰었다. 그러자 한동안 가격이 정체되었다. 5분이 흘러도 마찬가지였다.

좋아!

남은 시간이 많지만 그 정도야 참을 수 있다.

다른 아이템을 살필까?

고개를 저었다. 지금은 다른 아이템이 눈에 들어오지 않았다. 오직 저 검, 명인의 철검만이 심장을 두근거리게 만들 뿐이었다.

저 검만 사용하면…… 단번에 공격력이 30퍼센트 이상 증가할 것이다. 어마어마한 수치였다.

경매 시스템을 끈 그가 동료들을 살폈다. 그들의 표정이 묘하다.

"설마……."

"어?"

"너, 무기 봤냐?"

"으, 으응."

그랬다. 저들 역시 그와 같은 무기를 본 것이었다.

드넓은 일루전의 세계에 소소한 이슈가 될 아이템이 등장했다.

"호오, 괜찮네."

"초중반 유저한테는 유용하겠네."

"우린 필요 없지만."

고레벨 유저들은 스치듯이 지나갔다. 하지만 10레벨 중후반 유저들은 강인한 철검과 튼튼한 철검에 눈독을 들였다. 20레벨 초중반의 유저들은 명인의 철검에 마음을 빼앗겼다.

간간이 저런 아이템이 등장하기는 하지만 물량이 매우 드물어서 나오는 순간만을 기다린 이가 적지 않았다.

레벨이 오르는 속도까지 매우 더디기에 한 번 아이템을 바꾸면 오랫동안 사용하게 된다. 돈이 있는 사람들은 아낄 이유가 없는 것이다.

물론 과한 투자는 금물이다. 각자 스스로의 한계선을 설정한 후 돈을 풀 준비를 했다.

"명인은 정말 끌리는데."

"저건 내 거야."

"낙찰받는 사람이 임자지."

남은 시간은 20분, 현재 금액은 35골드.

15분이 더 흐르고.

"시작인가."

일루전을 시작한 지 얼마 안 된 돈 많은 유저들의 경쟁이 시작되었다.

금액이 45골드로 뛰었다.

남은 시간은 4분.

가파르게 금액이 상승했다.

46골드.

47골드.

48골드.

3분이 더 지났다.

이제 남은 시간은 1분.

아니, 59초.

1분도 채 남지 않자 경매에 불이 붙기 시작했다.

52골드.

53골드.

54골드.

1초에도 몇 번씩 낙찰 금액이 변했다.

순식간에 시간이 흘러갔다. 남은 시간은 10초 남짓. 진짜 돈 있는 유저들은 인내심을 발휘하고 있는 중이었다.

조금만 더…….

그리고 2초가 남았을 때 그들이 움직였다. 겨우 1초가 남았을 때에야 움직이는 이도 적지 않았다. 많은 이가 같은 생각을 하고 있던 것이다.

한순간 금액이 무섭도록 요동쳤다.

이윽고, 경매 시간이 종료됨과 동시에 액수가 결정지어졌다.

퀘스트의 남은 시간은 겨우 5분.

"후우, 제발……."

벌써 수십 자루의 검을 제작했지만 전부 실패했다. 이번에도 옵션이 붙지 않았다면 시간이 부족해서 퀘스트는 실패로 돌아갈 것이다.

정보 확인.

떠오른 홀로그램을 확인했다.

[든든한 철검]

공격력 14

체력 +1

내구도 70/70

절로 주먹이 쥐어졌다.

무혁은 서둘러 루크에게 향했다.

"여기 완성했어요."

"흐음, 시간이…… 아직 남았군."

"네."

"어디 보자."

검을 살피던 그가 고개를 끄덕였다.

"수고했다."

루크의 말과 함께 메시지가 떠올랐다.

[퀘스트를 완료합니다.]

[손재주(1)가 상승합니다.]

손재주 하나. 작지만 큰 보상이었다.

"고생했으니 좀 쉬어라."

"네!"

마침 경매에 올린 물품이 팔렸을 시간이었다. 조금 긴장한 마음으로 경매 시스템을 확인했다.

명인의 철검.

아이템의 이름을 검색했으나 물품이 나오지 않았다. 팔렸다는 소리다.

두근.

얼마에 팔렸을까?

메시지를 on으로 바꿨다.

하나씩 확인했다.

['날렵한 철검'이 '16골드'에 낙찰되었습니다.]

['강인한 철검'이 '23골드'에 낙찰되었습니다.]

['튼튼한 철검'이 '38골드'에 낙찰되었습니다.]

['명인의 철검'이 '120골드'에 낙찰되었습니다.]

무혁의 눈이 커졌다. 예상보다 더 높은 가격에 팔린 탓이었다. 특히, 명인의 철검이 그러했다.

120골드……?

확실히 사용 제한이 없기는 했지만 그래도 상상 이상이었다. 서둘러 인벤토리를 확인했다. 정말 돈이 들어와 있었다. 1퍼센트의 수수료를 제외하고서 말이다.

처음에는 당황스러웠지만 점차 시간이 흐르자 입가에 절로 미소가 그려졌다.

"하, 하하……."

이 정도라면 필요한 아이템을 모두 장만하고도 남으리라.

그래, 바로 사자.

무혁은 경매 시스템을 활성화했다.

홀로그램이 떠오르고.

천천히 살펴보자고.

아이템을 느긋하게 구경했다. 수중에 있는 골드를 생각하면서 말이다.

괜찮은 신발 하나가 눈에 들어왔다.

[가죽 부츠]

방어력 2

체력 +1

내구도 60/60

사용 제한 : 힘 15

[즉시 판매 가격 : 15골드]

방어력의 수치가 낮았지만 체력 스탯이 붙어 있었다. 사용 제한이 있어서 가격이 싼 편이었다. 보통의 유저였다면 아이템의 힘을 빌려도 20레벨 초중반은 되어야 착용할 수 있으리라.

하지만 무혁은 레벨이 15임에도 불구하고 힘이 20이었다. 사용 제한은 문제가 되지 않았다.

괜찮은데?

부츠를 조금 더 살펴봤지만 이것보다 싸고 좋은 게 없었다.

좋아, 이걸로 결정.

지금은 스탯 하나하나가 중요했으니까.

[구매하시겠습니까?]

[Yes/No]

메시지가 떠올랐고 무혁은 예스를 선택했다.

[15골드가 차감됩니다.]

[가죽 부츠를 획득합니다.]

가죽 부츠가 인벤토리에 들어왔다. 곧바로 착용한 후 다시 아이템들을 살폈다.

생각보다 거래되는 속도가 빨랐기에 잠깐 정신을 놓고 있으면 어느새 기존 아이템이 사라지고 새로운 아이템이 올라오곤 했다. 그랬기에 계속해서 둘러봐도 끝이 없었다. 하지만 막상 마음에 드는 물건은 쉽게 나오지 않았다.

며칠 걸리겠는데.

이후로도 1시간을 더 기다린 끝에 허리띠 하나를 구매할 수 있었다.

[가벼운 허리띠]

민첩 +1

사용 제한 : 체력 10

내구도 30/30

[즉시 판매 가격 : 10골드]

민첩 수치 하나를 올리는 허리띠였다.

가격은 10골드. 현금으로 치면 10만 원이라는 적지 않은 돈이었지만 아끼지 않았다. 민첩이 지닌 잠재력을 알고 있는 까닭이었다.

그렇게 두 가지 아이템을 구하고 나니 조금 피곤해졌다. 시간도 밤 11시가 넘은 상태.

오늘은 그만 자야겠다.

로그아웃을 한 후 캡슐에서 나왔다. 샤워를 하고 침대에 누워 잠을 청했다. 피곤했던 것일까, 순식간에 잠에 빠져드는 무혁이었다.

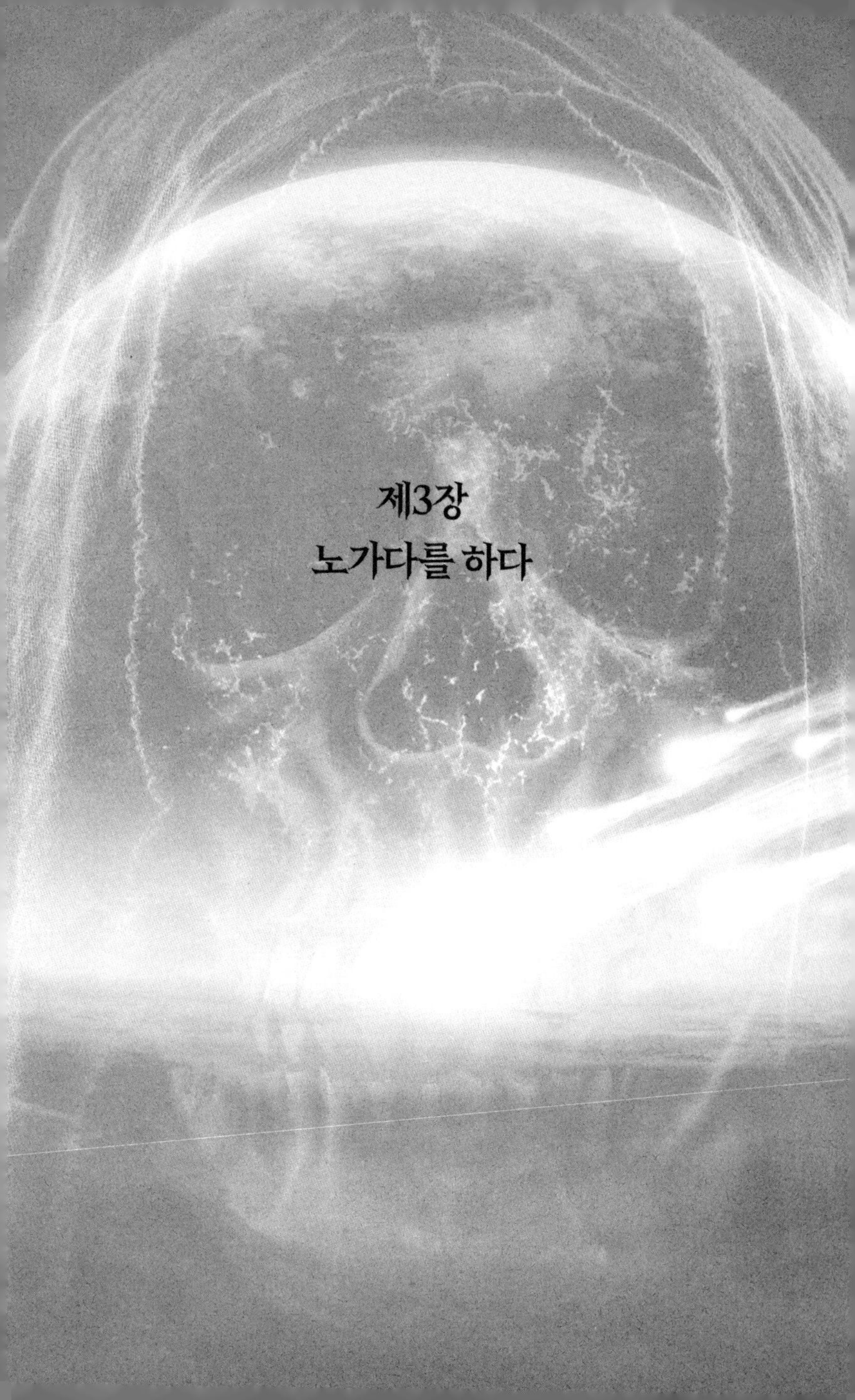

제3장
노가다를 하다

다음 날.

일루전에 접속하자마자 다시 경매 시스템을 이용했다.

이제 레벨이 15였기에 던전에 입성할 필요가 있었다. 안정적으로 던전을 클리어하기 위해 모든 아이템을 맞추는 것은 필수였다.

가장 필요한 건 역시나 몸을 보호해 줄 방어구였다.

무기는 직접 만든 것을 사용하면 되기에 필요가 없었고, 사야 할 건 방패랑 상의, 하의, 그리고 투구와 장갑 정도인가.

아, 참. 액세서리도.

무혁은 눈을 크게 뜨고 하나씩 세심하게 살폈다.

[아크란의 투구]

방어력 3

내구도 70/70

[즉시 판매 가격 : 20골드]

방어력은 괜찮은 수준이었지만 스탯이 없기에 패스.

[질긴 상의]

방어력 4

내구도 60/60

[즉시 판매 가격 : 30골드]

마찬가지의 이유로 패스.

그렇게 1시간을 살폈음에도 괜찮은 아이템을 구입하지 못했다.

"후우."

아이템을 사는 게 쉽지 않았다.

그때였다. 아이템이 교체되면서 눈앞에 있던 물건이 반지로 변했다.

[흑도금 반지]

반응속도 0.5퍼센트 상승

내구도 50/50

사용 제한 : 힘 10, 체력 10

[경매]

[남은 시간 : 3시간 59분 59초]

[시작 가격 : 5골드]

[현재 입찰 가격 : 없음]

반응속도를 상승시키는 반지였다.

무려 0.5퍼센트나!

아직 일루전 유저들은 민첩의 중요성을 모른다.

민첩 하나에 겨우 0.1퍼센트 오르는 극악의 반응속도. 민첩 100을 찍어야 10퍼센트가 상승한다. 효과가 눈에 보이지 않으니 자연스럽게 민첩보다는 힘과 체력에 집중하게 된다. 하지만 무혁은 민첩의 중요성을 아주 잘 알고 있다.

레벨이 높아질수록 몬스터도 강해진다. 파괴력, 속도, 체력, 방어력까지. 놈들이 공격하는 그 재빠른 움직임을 보고 피하게 만드는 능력이 바로 민첩, 즉 반응속도다.

움직임을 보고 뇌가 반응하는 시간은 대략 0.1초다. 행동은 그 이후에 나온다. 수영 선수 혹은 단거리 육상 선수들도 총포 소리를 듣고 0.15초는 지나야 반응을 한다. 이 분야 최고의 기록이 0.104초다.

만약 민첩을 올려 10퍼센트를 상승시킨다면? 뇌가 반응하는 시간이 0.09초대로 줄어드는 것이다. 20퍼센트라면? 0.08초에도 가능하다.

다른 세상을 살아가는 것이다. 남들보다 먼저 반응하고 먼저 움직이며 먼저 공격이 가능하다는 것. 근접에서 싸우는 직업이라면 일루전에서는 반드시 높여야만 하는 필수 스탯이 바로 민첩이다.

고민은 극히 짧았다.

입찰.

아마도 아이템을 획득한 유저가 옵션이 좋은 것 같긴 한데 가격을 책정하기 애매해서 경매를 한 것이리라.

무혁은 바로 20골드에 입찰을 신청했다.

시간이 흐른다. 눈을 떼지 않고 지켜봤다.

10분이 지났을 무렵.

21골드로 올라갔다.

안 돼, 기다리자.

남은 시간이 1분이 될 때까지 참기로 했다. 알람을 맞추고 다른 아이템을 훑었다. 시간은 빠르게 흘렀다.

띠잉.

알람 소리가 들려왔다. 무혁은 서둘러 입찰 신청 목록을 켰다.

현재 금액 35골드.

10초가 남은 상황.

40골드, 45골드, 46골드.

금액이 빠르게 증가한다.

50골드, 55골드.

젠장……!

무혁은 속으로 욕을 삼키며 1초가 되기를 기다렸다.

3초, 2초.

['80골드'에 입찰하시겠습니까?]

[Yes/No]

1초가 남았다.

조금 더 기다린다.

정말 찰나.

그제야 무혁은 예스를 눌렀다.

곧이어 떠오르는 메시지.

[입찰에 성공하였습니다.]

[흑도금 반지를 획득합니다.]

일루전을 시작한 이래 최고로 만족스러운 순간이었다.

그 후 대장간에서 검을 만들면서 틈틈이 경매장을 확인했다. 그렇게 3일에 걸쳐서 겨우 필요한 아이템 전부를 맞출 수 있었다.

[괴력의 철검]

공격력 16

힘 +1

내구도 80/80

[단단한 방패]

방어력 7

충격 흡수 50%

민첩 +1

내구도 110/110

[강철 투구]

방어력 2

체력 +1

내구도 60/60

사용 제한 : 힘 12

…….

[듬직한 가죽 갑옷]

방어력 3

힘 +1

내구도 70/70

사용 제한 : 체력 12

[차오르는 하의]

방어력 2

체력 +1

내구도 65/65

사용 제한 : 체력 11

[매력적인 손목 보호대]

마법 방어력 3

내구도 50/50

사용 제한 : 지식 7

[생명의 귀걸이]

HP 회복률(15) 상승

내구도 40/40

사용 제한 : 지혜 8

[활력의 목걸이]

마법 방어력 1

MP(80)

내구도 35/35

사용 제한 : 지식 9

[무한의 검집]

5의 공격력을 지닌 단검 열 자루가 충전되어 있는 검집이다. 꺼내어 사용할 때마다 10분에 하나씩 자동으로 충전이 된다. 단, 10개 모두를 사용할 경우 24시간의 충전 시간이 필요하다.

사용 제한 : 민첩 9

아쉬운 감이 있지만 그럭저럭 쓸 만한 것들이었다.

과연 이 아이템들을 착용한 지금, 능력치가 얼마나 상승했을까?

캐릭터 정보.

아이템 창이 사라지고 캐릭터 창이 떠오른다.

공격력이 85에 방어력만 24였다. HP의 분당 회복률도 40에 가까워졌다. 60만 되어도 1초에 1이 회복되는 것이기에 전투 지속력에 상당한 도움이 된다.

무엇보다도 공격 속도와 이동속도, 그리고 반응속도의 상승이 아주 만족스러웠다. 특히 반응속도.

드디어 101퍼센트를 넘었어.

겨우 1.4퍼센트의 상승. 하지만 이것만으로도 다른 유저들과는 조금 다른 시간을 살게 될 것이다. 찰나의 순간 앞에선 이 작은 차이가 아주 크게 느껴질 테니까.

게다가 손재주가 20을 넘겼다.

좋아.

이제 마지막 하나가 남았다.

스켈레톤의 강화.

무혁은 오랜만에 왕국을 벗어나 거대 곰이 서식하는 장소로 이동했다.

잠시 후.

거대 곰의 서식지에서 만난 한 마리의 곰을 가볍게 처리했다. 회색빛으로 물들어 가는 놈에게 다가가 스킬을 펼쳤다.

"사체 분해."

그러자 눈앞으로 홀로그램이 떠올랐다. 곰의 형상을 한 뼈 모양이었다.

준비한 도축용 단검을 회색빛으로 밀어 넣자 홀로그램의 한 부분이 푸르게 빛났다. 그 빛을 따라서 단검을 이리저리 움직이기를 반복하니 어느 순간 도축이 마무리되어 있었다. 회색빛이 사라지자 거대 곰의 뼈와 가죽이 자리에 남아 있었다.

"스켈레톤 소환."

한 마리의 스켈레톤을 소환한 후 녀석을 바닥에 눕혔다. 이후 뼈 조립 스킬을 사용해서 스켈레톤의 신체를 이루는 뼈 하나를 뽑아냈다.

[스켈레톤의 체력이 줄어듭니다.]

[손재주의 영향을 받아 0.18의 하락이 이뤄집니다.]

이것이 손재주의 효과다. 손재주가 없었다면 뼈를 뽑은 것만으로도 0.2의 체력 스탯을 잃었으리라. 하지만 손재주의 보정 효과로 0.18의 체력 스탯만 잃었다.

손재주 스탯이 20대였기에 0.02의 보정 효과가 발동한 것이다. 30대가 되면 0.03이, 60대가 되면 0.04가, 그리고 100이 되면 0.05가 될 것이다.

작은 차이였지만 그 작은 것이 쌓이고 쌓여 거대해질 것이다. 게다가 손재주는 뼈를 뽑을 때만 영향을 주는 것이 아니다.

[스켈레톤의 체력이 상승합니다.]

[손재주의 영향을 받아 0.22의 상승이 이뤄집니다.]

비어버린 자리에 거대 곰의 뼈를 넣는 순간 또다시 손재주의 보정 효과가 발동된다. 한 번의 교체로 체력 스탯이 0.04가 상승했다. 아주 만족스러웠다.

좋아.

홍이 돋은 덕분일까. 집중력이 살아났고 손놀림이 갈수록 노련해졌다. 스켈레톤의 뼈를 뽑고 곰의 뼈를 넣는다.

물론 바꿔치기할 때마다 스탯이 상승하는 건 아니다. 뼈를 뽑을 때는 똑같다.

[스켈레톤의 민첩이 줄어듭니다.]

[손재주의 영향을 받아 0.08의 하락이 이뤄집니다.]

문제는 꽂을 때다. 거대 곰의 뼈와 스켈레톤의 골격이 어울리지 않을 경우.

[스켈레톤의 민첩이 상승합니다.]

[손재주의 영향을 받아 0.06의 상승이 이뤄집니다.]

이렇게 오히려 스탯이 떨어질 수도 있다.

다시 뽑으면 되지 않냐고? 한 번 뽑은 부위는 정확히 10일이 지나야 다시 뽑을 수 있다. 생각보다 긴 시간이다.

하지만 무혁의 손놀림은 망설임이 없었다. 능력치가 떨어진 부위는 챙겨두었다가 훗날 다시 바꾸면 된다. 높아진 부위는 그대로 두면 되고.

게다가 손재주의 영향을 받아 성공하면 더 많이 상승하고 실패하면 보다 적게 줄어든다. 그러니 반복하다 보면 결국 스켈레톤의 스탯은 높아지리라.

이건 지름길이 없다. 오랜 시간을 두고 작업을 해야 효과를 볼 것이다. 확실한 건 반드시 강해진다는 사실이다.

그렇게 30분 정도가 흐르고서야 작업을 끝낼 수 있었다.

"일어서."

천천히 몸을 일으키는 녀석.

키리릭?

몸을 이리저리 움직인다. 거대 곰의 뼈와 바꾼 덕분에 스켈레톤의 골격이 제법 거대해졌다.

상세 정보를 보고 싶은데 아직은 소환수 정보창이 없다. 소환수 정보창은 얼마 후면 업데이트가 될 것이다.

뭐, 그건 그때 가서 보면 되겠지. 이참에 이름도 정해줘야겠어, 계속 스켈레톤이라 부를 순 없으니.

무혁은 잠시 생각했다. 앞으로 소환할 수 있는 녀석이 많아질 것이다. 복잡한 이름은 안 된다.

그래, 간단하게.

"좋아, 넌 앞으로 골골일이다."

두 번째는 골골이, 세 번째는 골골삼.

그렇게 이름이 이어질 것이다.

키릭, 키리릭!

골골일은 이름이 마음에 들지 않는 듯 연이어 특유의 소리를 내뱉었으나 무혁은 애써 그 소리를 외면했다.

아직 작업이 끝난 게 아니다. 현재 무혁이 소환 가능한 스켈레톤은 두 마리다. 대장간에서 휴식을 취할 때마다 꾸준히 스켈레톤을 소환하고 취소하기를 반복하면서 레벨 하나를 올린 덕분이었다.

[스켈레톤 소환 2Lv(7%)]

스켈레톤 2마리를 소환할 수 있다. 기술의 레벨이 높아질수록 소환 가능한 숫자와 10초당 소모되는 MP가 증가한다.

-10초마다 소모되는 MP : 한 개체당 마나 1

[좀비 소환 1Lv(75%)]

좀비 1마리를 소환할 수 있다. 기술의 레벨이 높아질수록 소환 가능한 숫자와 10초당 소모되는 MP가 증가한다.

-10초마다 소모되는 MP : 한 개체당 마나 1

그러니 한 마리를 더 조립해야 한다.

거대 곰의 뼈가 부족해.

무혁은 사냥을 하기 위해 주변을 돌아다녔다. 그렇게 수십 마리의 곰을 잡으며 사체 분해를 했고 거기서 나온 뼈를 이용해 두 번째 스켈레톤의 뼈 조립을 시작했다.

[스켈레톤의 힘이 줄어듭니다.]

[손재주의 영향을 받아 0.08의 하락이 이뤄집니다.]

[스켈레톤의 힘이 상승합니다.]

[손재주의 영향을 받아 0.22의 상승이 이뤄집니다.]

30분을 반복하며 골골이의 작업도 마쳤다. 두 녀석을 바라보는 무혁의 입꼬리가 말려 올라간다. 이걸로 특수 던전에 도전하기 위한 모든 준비를 마쳤다.

이제 가 볼까.

MP의 소모를 줄이기 위해 골골일과 골골이를 역소환했다.

동쪽 성문을 넘어 왕국으로 들어선 후 서쪽 성문을 이용해 다시 밖으로 나갔다.

이곳은 위험하다.

나타나는 몬스터의 레벨이 80가량. 랭커가 이곳에서 사냥하기 위해선 적어도 반년 이상의 시간이 더 필요할 것이다.

그런 곳을 거닐고 있다. 위험하지만 몬스터와 부딪히지만 않으면 된다. 만나게 되면 죽어야겠지.

반복하다 보면 안전한 길을 찾을 것이다. 어차피 던전의 위치를 아니까.

아르센 왕국을 게임의 시작 지점으로 선택한 가장 큰 이유가 바로 이것이다. 비록 위험하다곤 하지만 생각보다 멀지 않은 곳에 던전이 위치해 있기 때문이다.

15레벨이 넘으면 들어갈 수 없다. 15레벨이 되지 않아도 입장 불가. 입장했다가 죽으면 거기서 종료. 실수로 던전에서 나왔다? 그래도 끝이다. 두 번은 도전할 수 없다.

15레벨 때 딱 한 번 도전할 수 있는 제한된 컨텐츠가 바로 이곳의 던전이다. 그곳은 반드시 거쳐야만 한다. 조폭 네크로 살아남기 위해서라도 말이다.

무혁은 일곱 번의 죽음을 바탕으로 보다 안전한 길을 찾아냈다. 이번이 여덟 번째 시도였기에 조금 지쳤으나 포기하지 않고 또다시 앞으로 나아갔다.

이번엔 반드시 성공한다.

그렇게 다짐하며 걸음을 내디뎠다.

스윽.

물론 아주 조심스러웠다. 주변을 살펴보는 눈길도 늦추지 않았다. 사전에 파악한 안전한 길을 걸으면서도 신중했다. 그 덕분일까, 몬스터와 마주치지 않고 목적지 부근까지 도달할 수 있었다.

조금만 더 가면 돼.

도착이 얼마 남지 않았다는 마음에서 발로한 그 기묘한 두근거림이 조급함을 선사한다. 동시에 정신이 번쩍하고 들었다.

안 돼, 침착하자.

이러다 죽은 것만 두 번이었다. 다시 호흡을 고르고 주변을 경계하며 걸음을 내디뎠다.

몇 걸음을 나아갔을까. 숲이 갑작스레 깊어졌다. 길을 알려주던 햇살이 자취를 감췄다. 무성함을 넘어 빼곡하게 쌓인 나뭇가지와 그 가지를 가득 채운 잎이 빛 자체를 불허한 것이다.

어둡다.

한 걸음을 뒤로 물러나자 시야가 확보됐다. 하지만 역시 전방은 아무것도 보이지 않았다. 마음이 불안해졌다. 여기까지 온 것이 처음이라 설마 이런 길이 있을 줄은 몰랐다.

동영상으로 볼 때는 이런 과정이 없었다. 던전 내부부터 보여줬으니 당연한 걸지도.

지도를 다시 확인했다.

여기가 맞는데…….

뒤늦게 후회가 되었다. 뭐라도 챙겨 올걸, 불을 켤 수 있는 그 어떤 것이라도. 몇 번이고 머릿속으로 생각해 왔었는데 이런 꼴이라니.

글로만 접하는 것과 실제로 경험하는 것은 확실히 다르다는 걸 온몸으로 느끼는 중이었다. 정보로만 접했을 때는 모든 것이 쉬워 보였는데 실제로 경험하니 많은 것이 부족했다.

그렇다고 여기까지 와서 되돌아가고 싶지도 않았다. 그렇다면 결국 눈앞의 칠흑 같은 어둠을 이겨내야만 하리라.

그래, 조금만 가면 있겠지.

다시 한 걸음을 나아갔다.

어둡다. 아무것도 보이지 않을 정도로. 하지만 그것이 두려워할 이유는 되지 않았다.

어차피 게임이야.

마음을 다잡고 행동에 단호함을 줬다. 머뭇거림 없이 계속 앞으로 나아가기를 3분, 자연스럽게 앞뒤로 흔들리던 손에 어떤 감촉이 느껴졌다.

조심스레 만져 보니 아무래도 벽인 것 같았다. 좌측과 우측 중 한 곳을 골라야 할 상황이었는데 일단은 좌측으로 향했다. 그러나 얼마 가지 않아 또다시 막힌 곳이 나왔다.

우측인가?

방향을 틀어 오른쪽으로 한참을 나아갔다.

그 순간이었다.

"어, 어어……!"

다리가 허공에 뜨면서 몸이 아래로 쑥 떨어졌다. 오싹한 감각이 끝나고 엉덩이를 시작으로 온몸에 둔중한 느낌이 왔다. 물론 고통이 크지 않아 줄어든 HP를 보며 어느 정도였는지 대충 짐작할 뿐이었다.

팔이나 다리는 괜찮은 것 같고…….

몸을 일으켜 봤다. 움직임에 불편함은 느껴지지 않았다. 주변을 살펴봤다. 어디선가 미약한 빛이 들어오는 것인지 흐릿하게나마 사물들이 보였다.

멀지 않은 곳에 놓인 거대한 철문이 시야를 사로잡았다.

철문? 찾고 있던 특수 던전일까? 내가 알던 것과는 조금 다른데……

아래로 떨어졌다는 이야기도, 문이 저렇게 크고 웅장하다는 말도 들어본 적이 없다. 하지만 지금 상황에서 고민은 무의미했다. 문을 열고 들어가 보면 알게 될 테니까.

저벅.

문 앞에 선 무혁이 손을 뻗었다. 닿는 순간 철문이 움직였다.

끼긱, 끼이이이익.

듣기 싫은 소리를 뱉어내며 거대한 문이 열렸다. 그 순간 한 가지 메시지가 떠올랐다.

[15레벨 '유니크 던전'을 발견했습니다.]

[던전 안에서 '경험치(50퍼센트)'가 상승합니다.]

순간 무혁의 움직임이 멈췄다.

유니크 던전……?

찾고 있던 특수 던전이 아니었다. 하지만 그보다 더 발견하기 힘든 것으로 알려진 유니크 던전을 찾아냈다. 어떻게 된 상황인지 제대로 알 수 없었지만 한 가지는 확실했다.

대박이다.

입장 제한도 찾고 있던 특수 던전과 같은 15레벨이었다. 만약 특수 던전에 들어갔더라면 이후에 이곳을 찾았다고 하더라도 입장하지 못했으리라.

물론 유니크 던전을 클리어하면 분명 15레벨을 넘어서게 될 테니 애초에 계획했던 특수 던전 역시 들어가지 못하는 문제가 생긴다. 하지만 이곳에서의 보상이 찾고 있던 특수 던전보다 못하리란 생각은 들지 않았다.

던전의 등급은 네 단계로 나뉜다. 생각보다 쉽게 발견할 수 있는 일반 던전, 그보다 상위의 특수 던전, 그리고 발견하기가 극히 어려우나 그 보상이 아주 좋은 유니크 던전이 있다.

물론 그게 끝이 아니다. 8년이란 긴 시간 동안 겨우 십여 개만이 발견된 고대 던전도 있다. 고대 던전을 클리어한 이들은 하나같이 이름을 날렸으니 얼마나 대단한지 알 수 있으리라.

아무튼 그 4개의 등급 중에서 상위 두 번째에 해당하는 유니크 던전을 무혁이 발견한 것이다. 그야말로 행운이라고밖에 볼 수 없었다.

본래 찾고 있던 특수 던전은 클리어할 경우 지식과 지혜를 2씩 올려주는 물약을 준다. 아마 이곳에선 그보다 더 좋은 보상을 얻게 될 것이다.

물론 운이 아주 나쁘다면 특수 던전과 비슷하거나 그보다 낮은 보상을 얻을 수도 있다. 하지만 분위기를 보니 그건 아닐

것 같았다.

어둡고 음침하며 또한 묵직하다. 무언가 범상치 않은 것이 있을 것 같았다.

과거 전신마비이던 시절, 랭커들의 무수히 많은 동영상을 시청했었다. 자연스럽게 길러진 나름의 감이었다.

"스켈레톤 소환."

골골일, 골골이가 나타났다.

키릭, 키리릭.

두 녀석을 보는 무혁의 표정이 흡족하다.

"좀비 소환."

스켈레톤보다는 약하지만 체력과 방어력이 높아 적의 공격을 한 번이라도 맞아줄 좀비도 소환했다.

그렇게 두 마리의 스켈레톤과 한 마리의 좀비를 데리고 문을 통과했다. 그러자 철문이 저절로 닫히며 좌우에서 빛이 뿜어졌다. 평범한 돌이었는데 마법의 힘이 깃든 모양이었다.

"오호."

다가가서 그 돌을 만져 봤다. 힘을 줘봤지만 꿈적도 하지 않았다.

정보 확인.

눈앞으로 창 하나가 떠올랐다.

[마법의 힘이 깃든 돌]

라이트 마법이 깃들어 있는 돌이다.

별다른 건 없었다. 관심을 끊고 길을 따라 전진했다. 고요함이 무겁게 가라앉아 괜스레 긴장감이 올라왔다. 과하지 않고 적당하여 기분이 나쁘지는 않았다.

그때였다. 저 멀리서 기척이 느껴졌다.

"정지."

골골일과 골골이, 좀비가 멈췄다.

명령을 내려 좀비를 가장 선두에 서게 만든 후 기척의 존재가 나타나기를 기다렸다.

바닥을 쓰는 소리가 커짐과 동시에 저 멀리서 보였던 작은 점이 서서히 형태를 갖춰 나갔다.

뱀……!

기하학적인 무늬를 가진 뱀이었다. 혀를 날름거리며 다가오는 놈을 바라보는 무혁의 미간이 찌푸려졌다.

징그럽네.

그렇다고 가만히 바라볼 수만은 없었다. 싸워야 할 때였다.

스윽.

괴력의 철검과 단단한 방패를 꺼냈다.

"좀비, 방어 모드. 골골일은 왼쪽에서 대기, 골골이는 오른쪽에서 대기."

아직 지혜의 스탯이 낮아 이 정도 명령이 전부다. 하지만 짧은 단어로 적절하게 명령만 내린다면 행동을 유기적으로 만들 수 있다.

어느새 뱀이 지척이다.

"골골일, 골골이. 자동 공격."

명령과 동시에 무혁도 움직였다.

반원을 그리며 천천히 이동하는 사이, 다가온 뱀과 좀비가 부딪쳤다. 좀비가 크게 밀려났고 뱀이 그 자리를 차지했다.

좌우에 있던 골골일과 골골이가 주먹을 내뻗었다. 주먹의 중심에 있던 뼈가 날카롭게 뻗어 나온 상태였기에 뱀의 피부를 뚫고 들어갔다. 뱀이 몸을 뒤흔들었다.

아직 지혜가 낮아 그 공격에 어떠한 반응도 하지 못한 골골일과 골골이가 뱀의 몸뚱이에 부딪혔다. 그 한 번의 공격에 뼛조각이 사방으로 휘날렸다.

키릭, 키리릭.

압도적인 차이였다. 하지만 소환수의 역할은 그걸로 충분했다. 어차피 유니크 던전에서 소환수가 몬스터를 어떻게 할 수 있을 거라고는 생각하지 않았다. 다만 조금이라도 도움이 되기를 원했을 뿐.

지금 소환수는 뱀의 시선을 끌어주는 역할을 톡톡히 해내었다. 그 기회를 무혁은 놓치지 않았고.

스윽.

어느새 놈의 사각지대에 도착한 무혁이 몸을 날렸다. 뱀의 머리 위로 떨어지며 괴력의 철검을 강하게 내리꽂았다.

[크리티컬이 터집니다.]

메시지를 꺼놓은 상태였지만 무혁은 알 수 있었다.

터졌다.

손맛이 제대로다. 아마도 크리티컬이리라.

갑작스럽게 큰 대미지가 들어온 탓일까. 뱀이 기이한 소리를 내뱉으며 신체를 크게 뒤틀었다. 하지만 무혁은 절대로 검의 손잡이를 놓치지 않았다.

키에에에엑!

한참을 버티며 매달렸다.

놈의 움직임이 조금 잠잠해졌을 때, 무혁은 허리에 매고 있던 검집에서 단검 한 자루를 꺼내어 다시 놈의 피부에 박아 넣었다.

그리고 또 한 번 단검을 꺼내어 박았다.

푸욱, 푹푹, 푸욱.

대략 일곱 번을 더 공격했을 때 뱀의 움직임이 멎었다.

"후, 후아……."

긴장을 놓은 무혁이 뒤늦게 메시지를 확인했다.

이내 경악 어린 웃음을 터뜨렸다.

['힘의 뱀'을 죽였습니다.]

[힘(0.1)이 상승합니다.]

메시지가 나타내고 있는 의미를 만끽하면서 말이다.

유니크 던전, 이곳은 스탯을 상승시켜 주는 곳이었다.

힘의 뱀과 체력의 뱀, 민첩의 뱀과 지식의 뱀, 그리고 지혜의 뱀이 무작위로 나왔고 놈을 처리할 때마다 해당하는 스탯이 상승했다.

힘의 뱀은 파괴력이 강하고 움직임이 빠르지만 체력이 약해서 여덟 번 정도의 공격으로 죽일 수 있었다. 하지만 놈에게 한 번만 맞아도 HP의 30퍼센트가량이 빠지기에 상당히 위험했다.

다행이라면 좀비와 골골일, 골골이를 던져 줌으로써 공격을 시도할 수 있었고, 그 희생으로 생긴 틈을 놓치지 않고 공격에 성공한다면 보다 수월하게 잡을 수 있었다.

체력의 뱀은 공격력이 낮아서 죽을 위기는 없었다. 하지만 방어력이 높고 체력이 극악할 만큼 높아 쉬지 않고 20분을 내리 공격해야 겨우 죽일 수 있었다.

민첩의 뱀은 일단 움직임이 빨랐다. 그보다 더 심각한 문제는 무혁의 공격을 너무나 쉽게 간파해 버린다는 사실이었다. 반응속도가 높기에 일어난 일이었다.

해결 방법은 단순했다. 아니, 이것밖에 없다고 해야 할까. 그저 무식하게 사방을 무작위로 공격하는 것밖에는 없었다. 다행스럽게도 던전의 폭은 좁은 편이었고 스켈레톤 두 마리와 좀비까지 가세해서 마구잡이로 공격하면 한 번은 놈에게 충격을 줄 수 있었다. 공격을 당하는 순간 민첩의 뱀이 잠깐 멈칫하는데 그때를 놓치지 않아야 사냥이 가능한 녀석이었다.

지혜의 뱀은 머리가 좋아서 위험을 감지하는 순간, 도망치거나 동료를 불러왔다. 놓치는 순간 가장 까다로운 존재가 된다. 하지만 놈이 도망칠 공간을 미리 선점한다면 지혜의 뱀보다 쉬운 녀석은 없었다.

마지막으로 지식의 뱀은 마법을 사용한다. 그러나 10레벨 후반의 마법사가 사용하는 수준이었기에 상대하기에 어려움은 없었다. 무혁은 지식 스탯이 높은 편이라 자체적인 마법 방어가 뛰어났고 거기에 아이템의 힘까지 빌린 상태였기 때문이다.

"후우."

아무튼 이곳에서의 사냥도 벌써 3일째였다. 이틀 전과 어제는 하루 종일, 그리고 오늘도 오전부터 지금까지 쉬지 않고 사냥만 했다. 간간이 로그아웃을 한 후 밥을 먹고 휴식을 취했지만 그래도 심신이 지쳐 갔다.

그렇다고 던전을 빠져나갈 순 없었다. 이곳은 최고의 사냥터였다. 몬스터를 사냥할 때마다 스탯이 상승하고 던전 발견으로 인한 버프로 경험치 역시 무시무시하게 오른다. 게다가 사체 분해로 뼈와 가죽까지 모을 수 있으니 나가는 것은 바보 같은 짓이었다.

클리어해야겠지.

무혁은 마음을 다잡으며 다시 움직였다.

저 멀리 한 마리 뱀이 보인다. 이젠 무늬만으로도 어떤 종류인지 파악이 가능했다.

지금 다가오는 녀석은 지혜의 뱀이었다. 가장 까다로운 녀석. 처음 놈이 도망치고 동료를 데려왔을 땐 뒤도 돌아보지 않고 도망쳤었다. 그 이후부터 지혜의 뱀을 상대할 때는 놈이 도망치지 못하도록 퇴로부터 막아섰다.

바로 지금처럼.

"골골이 소환. 방어 모드."

무혁은 뒤로 물러났다.

그사이 다가온 지혜의 뱀이 조심스럽게 골골일과 대치를 했다. 그저 방어만 하고 있어서일까, 조금씩 거리를 좁힌 지혜의 뱀이 골골이의 몸체를 휘감았다.

그사이 무혁은 조심스럽게 뒤로 돌아가 퇴로를 막아섰다.

"골골이 소환. 좀비 소환. 방어 모드."

두 마리의 소환수면 충분하다. 공간이 그렇게 넓지 않기에 이곳을 지나가기 위해선 반드시 두 마리의 소환수를 거쳐야 하기 때문이다.

키리릭!

그사이 골골일이 부서졌다. 아무리 지혜의 뱀이라고는 하지만 방어 모드만을 취한 상태였고 또한 뱀에게 휘감겼으니 벗어날 길이 없었을 것이다.

상관없지.

퇴로를 막은 이상 놈은 잡은 것이나 다름없었다. 아니, 지혜의 뱀은 소환수가 하나만 있어도 여유롭게 상대가 가능하다. 남은 소환수가 퇴로만 막고 있다면 말이다.

검의 손잡이를 강하게 그러쥐며 지면을 찼다.

파밧.

뱀과의 거리를 빠르게 좁혔다.

스켈레톤의 성장은 더디다. 심히 더디다. 아니, 그걸 뛰어넘어 미치도록 더디다. 그래서 많은 유저가 그 더딤을 견디지 못하고 포기한다.

포기하지 않은 일부의 유저만이 레벨을 높여 다수의 소환수를 이끌게 되지만 그렇게 되어도 효용가치가 높진 않다.

왜냐고? 캐릭터의 레벨이 높아질수록 스케렐톤의 레벨도 자연스럽게 높아지는데 대신 본 캐릭터보다 레벨이 5 정도 낮다.

게다가 본 캐릭터는 레벨 업을 할 때마다 1개의 보너스 포인트가 주어지지만 소환수는 두 번의 레벨 업을 거쳐야만 1개의 보너스 포인트가 주어진다. 그러니 본 캐릭터가 100레벨이 되어도 소환수가 얻는 보너스 포인트는 47개가 전부다.

90레벨 전사가 툭하고 건드리면 부서져 버리고 마법사의 범위 공격 한 번이면 녹아버린다.

물론 본 캐릭터의 20퍼센트에 해당하는 추가 스탯이 주어지지만 일반 유저들은 힘, 민첩, 체력을 올리지 않으니 의미가 없는 일이다.

후반에 소환이 가능한 데스 나이트나 골렘 정도가 되어야 겨우 고레벨 유저들을 상대할 수 있는데 그들이 마음먹고 소환수를 무시한 채 본 캐릭터만을 노린다면 허무한 죽음만이 기다릴 뿐이다.

그러나 언젠가는 밝혀지리라.

손재주가 높아질수록 뼈를 교체할 때 보너스 수치를 얻게 되며, 본 캐릭터가 지니고 있는 스탯의 20퍼센트가 추가적으로 더해지기 때문에 힘, 민첩, 체력을 위주로 성장했을 경우 무시하지 못할 수준으로 강해진다는 사실이 말이다.

그게 끝인가? 아니다. 조폭 네크로 전직을 하게 되면 거기에 10퍼센트가 더 붙는다. 즉, 본 캐릭터가 지니고 있는 스탯의 30퍼센트가 소환수에게 추가적으로 더해진다는 이야기다.

성장의 가능성은 또 있다. 강한 몬스터의 뼈로 뼈 조립을 하면 스탯이 더 크게 증가한다. 몬스터가 강하면 강할수록 더더욱. 특히 두개골은 절대적이다. 딱 한 번 교체할 수 있고 또 구하기 어렵기에 신중해야 하지만, 그만큼 큰 폭으로 성장한다.

검과 방패와 같은 무구까지 쥐어줄 수 있다. 훗날에는 도움이 되는 스킬도 배운다.

손재주가 높을수록, 스킬의 레벨이 높아질수록, 무구가 좋을수록, 본 캐릭터의 레벨과 스탯이 높을수록 결국 소환수 역시 강해지는 것이다.

노가다와 시간을 쏟아붓는 것, 인내하는 것. 그 전부를 감내할 자신이 있다면 조폭 네크보다 더 좋은 직업은 없다고 무혁은 생각했다.

"그러니까……."

지금은 이 방법밖에 없다. 초반이기에 너무나 허접한 스켈레톤과 좀비가 그나마 도움이 되도록 하기 위한 유일한 방법.

"공격!"

소환수를 총알받이로 쓰는 것이다.

그 틈을 타서.

파앗.

점프한 무혁이 뱀의 몸통에 올라탔다. 균형을 잡으며 머리로 이동한 후 넘어지기 직전 손에 들린 검을 아래로 강하게 꽂아버렸다.

콰드득.

살점을 파고드는 거친 감각을 느끼며 검을 비틀었다.

키에에에엑!

지혜의 뱀이 괴성을 뱉으며 몸부림친다. 하지만 무혁은 이미 몇 번의 경험으로 완벽하게 균형을 잡고 있었다. 검을 꽂은 이상 떨어질 염려는 없다고 봐도 된다. 그때부터는 순조로웠다. 지혜의 뱀의 신체 능력은 체력, 힘, 민첩의 뱀보다 훨씬 떨어졌으니까.

푸욱, 푹.

무한의 검집에서 꺼낸 단검을 몇 개 꽂으니 잠잠해졌다.

죽었나?

조금 기다리니 메시지가 떠올랐다.

[경험치가 상승합니다.]

[레벨이 상승합니다.]

[지혜(0.1)가 상승합니다.]

지혜의 상승은 물론 레벨 상승까지! 기분 좋은 음성이었다. 하지만 기쁨에 취해 있을 시간은 없었다.

천천히 허리를 펴며 몸을 일으킨 후 서둘러 아래로 내려가 은빛 가루를 흩날리고 있는 놈의 사체를 해체했다. 손이 절로 움직이면서 가죽을 가르고 뼈를 뽑아낸다. 나온 것들을 인벤토리에 넣은 후 자리를 잡고 앉아 휴식을 취했다.

벌써 허기가 지네.

인벤토리에서 빵을 꺼내어 씹어 먹었다.

하아, 맛없다. 김치찌개가 간절히 생각난다. 요리도 어서 배워야겠어.

여길 나가면 바로 요리부터 배울 생각이었다.

요리를 습득하면 손재주가 자동으로 3개 오른다. 이후 요리의 스킬 레벨이 상승할 때나 특별한 요리를 만들 때마다 손재주가 조금씩 상승한다. 그것만으로도 뼈 조립에 도움이 된다. 게다가 좋은 요리를 먹게 되면 스탯이 일시적으로 증가하기도 한다. 무혁의 입장에서는 필수적으로 지녀야 할 보조 직업이었다.

물론 대부분의 유저가 귀찮고 까다롭다는 이유로 직접 배우기보단 배운 이들을 데리고 다니는 걸 선호하지만 말이다.

빵을 모두 먹은 무혁이 HP와 MP를 확인했다. 90퍼센트까지 차오른 상태였지만 안전을 기하기 위해서 100퍼센트까지 채우기로 결정했다.

무혁은 현재 캐릭터의 정보를 확인하며 그 무료함을 달랬다.

[기본 정보]

이름 : 무혁

레벨 : 17

직업 : 네크로맨서

명성 : 600

[칭호]

1. 모험의 시작

-모든 스탯 +1

[기본 스탯]

힘 : 23(+0.9) / 민첩 : 10(+0.2) / 체력 : 12(+0.3)

지식 : 10(+0.1) / 지혜 : 10(+0.3)

보너스 포인트 : 0

[특수 스탯]

지구력 : 4 / 집중력 : 4 / 유연성 : 4

행운 : 4 / 손재주 : 27

보너스 포인트 : 0

[상세 정보]

HP : 750 / 분당 회복률 : 39

MP : 650 / 분당 회복률 : 20

물리 공격력 : 69 +16 / 마법 공격력 : 50

물리 방어력 : 12 +14 / 마법 방어력 : 20

공격 속도 : 123%

이동속도 : 111.5%

반응속도 : 101.5%

절로 미소가 그려질 정도다.

힘 왼쪽에 있는 0.9는 현재 9마리에 달하는 힘의 뱀을 잡았기에 나타난 수치였다. 한 마리만 더 잡으면 저 수치가 사라지고 힘이 23에서 24로 증가할 것이다.

민첩과 체력, 지식과 지혜는 이미 각각 10마리 이상을 잡아서 하나씩 스탯 상승을 이룬 상태였다.

참으로 즐겁다. 강해지고 있음을 실감하고 있기 때문이다.

한 달은 지냈으면 좋겠는데. 끝이 어디일까.

어쩌면 바로 다음 공간에서 던전이 클리어될 수도 있고 아니면 2층, 3층 혹은 그보다 더 높이 올라가야 할지도 모른다. 그만큼 던전 레이드는 오랜 시간을 요한다.

피로해지고 지치기 십상이지만 지금의 무혁은 이 던전이 끝나지 않기를 바라고 있었다.

아니, 적어도 3일만 더.

그 시간이라면 최소 5개 이상의 스탯 상승을 이룰 수 있을 테니까.

피식.

순간 실소가 새어 나왔다. 그 정도까진 안 될 거라는 사실을 이미 알고 있음에도 기대하게 되는 심리라니. 고대 던전이라면 모를까 유니크 던전인 이상 각각의 스탯을 두 개, 많아야 세 개 정도 까지만 올릴 수 있으리라.

잡념을 지우고 다시 상태를 확인했다. HP, MP가 끝까지 차오른 상태였다.

스윽.

몸을 일으킨 후 걸음을 내디뎠다.

민첩이 9였을 땐 민첩의 뱀을 따라잡을 수 없었다. 하지만 민첩의 뱀을 어떻게든 사냥해서 민첩 수치가 10으로 오르면서 상황이 달라졌다.

100.5퍼센트.

101퍼센트.

101.5퍼센트.

이렇게 5의 배수로 증가할 때마다 스스로의 반응속도가 상승했음을 체감할 수 있었다.

지금 무혁은 정확하게 101.5퍼센트의 수치에 도달한 상태였기에 한 단계 상승한 반응속도를 지니게 되었고, 덕분에 흐릿하게나마 놈의 움직임을 캐치할 수 있게 되었다.

이런 부분을 본다면 확실히 반응속도는 놀라운 능력이다. 근소한 차이만으로도 다른 세상을 느낄 수 있게 해주니까.

그렇다고 민첩이 최고의 스탯인 것은 아니다. 싸움이라는 건 볼 수 있다고 해서 끝나는 게 아니기 때문이다. 그 세상으로 진입할 수 있는 강함과 속도가 필요한 것은 물론이고 마음껏 누빌 수 있는 체력도 필수였다.

무혁은 그 세 가지가 잘 어우러진 상태다.

현재 반응속도가 101.5%.

민첩으로만 따지면 15에 달하는 수치다. 하지만 힘은 그보다 8이 더 높았고 체력은 조금 부족했으나 그래도 12에 달했기에 충분했다. 보다 빨라진 세상으로 진입할 자격을 갖춘 것이다.

키이이익.

그렇기에 전혀 걱정하지 않았다. 지금 민첩의 뱀이 무혁의 주변을 돌고 있음에도 말이다.

왼손에는 단검을, 오른손에는 괴력의 검을 든 채로 가만히 자리를 지켰다. 그러다 어느 순간 앞으로 뛰쳐나갔다.

지면을 차는 것과 동시에 괴력의 검을 휘둘렀다. 반원을 그리던 뱀의 목을 정확하게 파고드는 일격이었다.

[크리티컬이 터졌습니다.]

[152의 대미지를 입힙니다.]

놀란 녀석이 다급히 꼬리를 휘둘렀으나 무혁의 상승한 반응 속도가 이미 모든 것을 캐치한 상태였다.

무릎을 살짝 굽혔다가 허공으로 떠올랐다.

눈앞에 입을 크게 벌린 뱀이 보였다. 왼손에 들린 단검을 강하게 던졌다. 빠르게 날아간 그것이 놈의 혓바닥에 꽂혔다.

다시 한번 터진 크리티컬!

키엑, 키에에엑!

놈이 발광하는 사이 무혁은 지면에 착지했다.

"후읍……!"

숨을 들이켜며 참는다. 일순간 근력을 폭발시키며 거리를 좁혔다.

운이 좋게도 두 번의 크리티컬이 터진 상태다. 놈의 남은 HP는 얼마 되지 않을 것이다. 지금까지의 전투로 추정한다면 대략 300 정도. 일반적인 공격 너덧 번만 꽂아 넣으면 되는 것이다. 놈의 움직임이 잡히는 상황이었기에 어려움은 없다고 판단했다.

지척에서 검을 거칠게 휘둘렀다.

서걱, 서걱.

벌써 세 번.

고통에 몸부림치던 민첩의 뱀이 빠르게 뒤로 물러나려했으나 무혁은 그곳에 스켈레톤 두 마리와 좀비를 동시에 소환해 진로를 방해했다. 놈들이 잠깐 막아주는 사이 다시 뱀의 근처에 도착한 무혁이 검을 내찔렀다.

푸욱 하는 거친 소리와 함께 그곳에서 시작된 은빛 가루가 이내 뱀의 전신을 뒤덮기 시작했다.

무혁은 여유롭게 놈에게 다가가 스킬을 사용했다.

"사체 분해."

분해하고 나온 것들을 인벤토리에 넣고 잠시 바라보자 스킬로 인해 잠시 정지되었던 죽음의 시간이 다시 흘렀다. 뱀의 사체가 연기로 변하며 사라지기 시작했다.

나온 아이템은 가죽 몇 장이었다. 그것을 집어 들어 가방에 넣었다. 사체 분해로 나온 특별한 재료들, 거기에 몬스터 드랍 재료까지. 아이템을 모으는 재미도 꽤 쏠쏠했다.

모인 것들을 잠시 바라보다 남은 HP를 확인했다.

100퍼센트.

이번 전투에서는 한 대도 맞지 않았다.

좋아, 바로 가 볼까.

휴식도 필요 없었다.

저벅.

앞으로 걸어가면서 어떤 종류의 뱀이 나올지 상상했다.

힘의 뱀이라면? 놈의 HP는 대략 700 정도. 방어력이 낮기에 열 번 정도의 공격만 성공시키면 죽일 수 있다.

체력의 뱀은 HP가 1,200에 방어력이 40가량이었다. 그저 쉼 없이 두들기는 수밖에 없었고, 지식과 지혜의 뱀은 퇴로만 막는다면 앞의 세 놈보다 훨씬 쉬운 상대였다.

아주 좋아.

그간의 전투 경험이 녹아 있는 상태다. 두려울 게 없었다. 남은 건 스탯의 상승을 이루는 것뿐.

저벅.

휴식도 없이 다시 앞으로 나아갔다.

저 멀리 보이는 뱀 한 마리.

"골골일, 골골이. 공격!"

놈을 잡으니 또다시 스탯이 0.1 올랐다.

일루전을 집중적으로 방송하는 TNA 채널. 일루전이 시작하기도 전에 관련한 소식들을 전해주면서 시청자들을 사로잡았다. 덕분에 지금은 무수한 채널 중에서도 가장 높은 시청률을 자랑하고 있었다.

그리고 오늘 새롭게 모습을 보이게 된 MC 유라가 밝게 웃으며 방송의 시작을 끊었다.

-반가워요! 오늘부터 일루전의 세계를 맡게 된 유라라고 해요! 잘 부탁드립니다!

그제야 옆에 있던 본래의 MC 우현이 화면에 잡혔다.

-네, 유라 씨와 함께 하게 돼서 저도 기쁘게 생각합니다. 왜냐고요? 유라 씨의 레벨이 무려 46이거든요. 궁금한 게 있으

면 전부 유라 씨에게 물어보면 되겠죠?

-최선을 다해 알려드릴게요!

-하하, 시원시원해서 좋네요. 자, 그러면 일단 게임 속으로 떠나볼까요?

우현의 말과 함께 배경이 바뀌었다.

일루전의 세계. 그곳의 마을이 나타났고 천천히 거닐기 시작하는 유라의 모습이 보인다. 장비를 착용한 그녀의 모습은 방금 전 평상복을 입고 있던 것과는 전혀 다른 분위기를 풍겼다. 거친 야성미라고나 할까. 시선을 잡아끄는 그녀의 자태에 MC 우현의 눈이 커졌다.

-와우, MC 유라의 아이템이 엄청난데요.

일루전이 나오기 전만 해도 그리 많은 인기를 얻지 못하던 유라였다. 하지만 직접 일루전을 접하고 랭킹에 들 정도의 레벨까지 올렸을 때, 그녀는 지금 방영되고 있는 '일루전의 세계'를 맡아볼 생각이 없냐는 제의를 받았다.

당연히 수락했다. 일루전을 즐기는 입장이기도 했고 남들보다 앞선 덕에 보다 많은 정보를 접했으니까. 그것들을 하나씩만 풀어도 이야기는 무수하리라.

-자, MC유라 씨.

-네!

-최근의 이슈에 대해서 아시나요?

MC 유라가 웃었다.

-당연하죠. 일루전을 즐기는 유저라면 누구나 한 번쯤은 확인했을 시스템, 랭킹에 관해서잖아요? 많은 유저가 랭커에 관해서 많이 궁금해하고 계시죠.

-맞습니다, 가장 많은 문의가 오고 있는 부분이기도 하고요. 특히 랭커 1위 다크 님을 집중적으로 조명해 달라는 말이 가장 많다고 들었어요.

-정말 대단한 분이죠. 벌써 2차 전직을 했다고 하니까요.

-문제는…….

-누구도 그 사람의 정체를 모른다는 거겠죠.

MC 유라의 표정이 어두워졌다.

-하지만 한 가지 특이한 점이 있다고 들었는데요.

-맞아요. 랭킹을 보면 직업과 캐릭터명이 나오는데요, 예전

에 이런 일이 있었답니다. 다크 님의 레벨이 정체되었던 적요. 1위를 빼앗기고 1만 랭킹에도 들지 못하던 시절이었죠.

-그렇군요, 그래서요?

-그런데 얼마 지나지 않아 변화가 일어났답니다. 다크 님이 어느 순간 1위로 다시 올라가 있었다는 거죠.

-아아…….

-35레벨에서 39레벨까지, 겨우 일주일 동안 일으킨 엄청난 변화였어요.

-후우, 대단하군요. 일주일 동안 레벨을 35에서 39까지 올리다니…….

-저도 너무 놀라워서 문의까지 했었는데요.

-아, 답이 왔나요?

-네, 그대로 읽어드릴게요. 현재 랭킹 1위의 캐릭터는 어떠한 버그도 사용하지 않고 오직 본인의…….

긴 이야기가 끝나고 MC 우현이 고개를 끄덕였다.

-결국 실력이라는 이야기네요.

-네, 대단하죠?

-그런데 의문은 남습니다. 왜 35레벨에 정체되어 있었던 건지, 그리고 어떻게 일주일 만에 레벨을 4개나 올릴 수 있었는

지……

-일루전에는 아직 밝혀지지 않은 많은 컨텐츠가 있을 테니까요. 어쩌면 그중에 하나를 먼저 발견해서 앞서 나간 것일지도 모르죠.

-그렇군요. 아무튼 놀라워요. 다크 님도 대단하지만 그 아래 무수한 랭커에게도 박수를 쳐 주고 싶네요. 1레벨 차이로 수천의 랭킹이 왔다 갔다 하는 거잖아요?

-그렇죠!

-피가 말릴 것 같은데요. 후우, 저는 아무래도 랭커에는 도전하지 못할 것 같네요. 자, 그러면 수다는 여기까지 하고 이제 본론으로 들어가야죠? 많은 분이 궁금해하는 그 분, 다크 님에 대해서 알려진 게 없다고 했죠?

MC 유라가 울상을 지었다.

-네, 맞아요. 아무것도 알려진 게 없어요.

유라가 고개를 숙였다.

잠시 침묵이 흐르고.

화면이 MC 우현과 유라를 동시에 잡았다. 둘은 시무룩했던 표정을 지우고 밝게 웃으며 이야기를 이어 나갔다.

-하지만 찾아볼 수는 있겠죠?

-그럼요!

-직업이 성기사인 것으로 봐서는 혼자서 사냥을 하고 있을 가능성이 높아요. 스스로 치유하고 전투에도 능하니까요. 그러니까…….

-아! 사냥터를 훑어보면 되겠군요?

-바로 그거예요!

그와 함께 두 MC가 나란히 섰다.

-그래서 준비했습니다.

-'랭킹 1위를 찾아서!'

그 시각.

무혁의 검은 뱀의 몸에 꽂힌 상태였다.

"후우……."

마지막 일격이었다. 너무 지쳐서 사체 분해를 할 여력도 없었다. 죽어버린 녀석이 회색빛으로 물들어 가는 그 순간.

화아악.

갑자기 던전의 사방에서 새하얀 빛이 뿜어졌다.

"으음……."

눈을 질끈 감고서 몇 초가 흘렀다.

천천히 눈을 뜨니.

['유니크 던전(뱀의 소굴)'을 클리어하였습니다.]

[대량의 경험치를 획득합니다.]

[명성(300)을 획득합니다.]

던전 클리어 메시지였다.

"아……."

지독한 시간이었다.

게임에 접속하기만 하면 던전이라는 공간이 가슴을 짓눌렀었다. 아무리 가상이라고는 하지만 평생을 살면서 홀로 어두운 곳에 갇힌 경험은 처음이었으니까.

만약 뱀을 죽일 때마다 스탯이 상승했다는 문구가 아니었다면 중도에 포기했을지도 모를 일이었다.

"후아."

시원하면서도 산뜻한 바깥 공기다.

"후읍!"

들이마시고 내뱉기를 반복하면서 한 가지를 다짐했다. 다음에는 조금 더 철저한 준비를 하겠다고.

요리는 무조건 배워야지.

손재주와 더불어 사냥터에서 맛있는 음식을 먹기 위함이었다.

뭐, 아무튼. 클리어를 하니 기분이 좋았다.

무엇보다도 이번 던전에서 무력 스탯 10개의 사실이 고무적이었다. 힘, 민첩, 체력, 지식, 지혜가 전부 2개씩 상승한 것이다. 이후로는 아무리 몬스터를 죽여도 해당 스탯이 증가하지 않았다. 예상대로였다.

아쉬움은 없냐고? 그럴 리가. 이것만으로도 충분히 엄청난 보상임을 아는 무혁이기에 과한 욕심은 없었다.

유니크 던전. 정말 대단한 곳이다. 고대 던전이었다면? 어쩌면 각 5개의 스탯 증가가 이뤄졌을지도 모른다.

이런 보상이 있으니 무수한 유저가 던전을 찾으려 애쓰는 것이리라. 아니, 지금은 극소수의 유저만이 던전의 존재를 알고 있을 테니 미래의 일이라고 할 수 있겠다.

잡념은 거기서 멈췄다.

이제 돌아가 볼까. 아르센 왕국으로.

성문을 지난 무혁은 수많은 유저를 보며 순간 떠올렸다.

아, 랭킹.

갑자기 궁금해졌다. 1위의 레벨이 얼마나 올랐을까.

랭킹 시스템.

그러자 홀로그램이 떠올랐다.

1위. 다크(성기사 53Lv)

2위. 아레스(쉐도우 아처 52Lv)

3위. 거스(무투가 Lv52)

…….

무혁의 눈이 빛났다. 무혁이 일루전을 시작한 이후 랭킹 1위의 레벨이 2가 더 올랐다.

반면 무혁은 19까지 올렸고. 어마어마한 성장 속도였다. 검을 만든 시간을 포함해도 놀라운 속도였으니까. 만약 검을 만들지 않고 레벨 업에만 치중했다면 지금 20 중반을 향해 달리고 있을 터였다.

만약 누군가 이런 사실을 알게 된다면 눈이 뒤집힐 것이 분명했다. 버그라고 욕을 할지도.

하지만 아직 랭커와의 거리는 여전히 멀다.

더 노력해야 해.

그렇다고 곧바로 사냥을 할 순 없었다. 지금은 2보 전진을 위해 1보 후퇴해야 할 때였으니까.

소환수의 성장을 위해서라도 일정 시간은 노가다에 바쳐야 한다. 대장간에서 검을 만들면서 스킬의 레벨을 상승시켜 손재주를 높이는 것은 물론이고, 새롭게 요리 스킬을 배워 손재주 스탯의 상승에 박차를 가해야 했다. 그렇게 손재주를 30대 혹은 그 이상으로 올려 뼈 조립으로 스켈레톤을 더 강하게 만들 생각이었다.

이후 20레벨을 찍고 숨겨진 직업 조폭 네크로맨서를 위한 퀘스트를 진행해야 하리라.

계획은 대충 잡혔다.

일단은 요리부터.

방향을 틀어 근처 식당으로 들어갔다.

"어서 오세요."

식당의 주인인 듯 보이는 풍채가 좋은 여인이 무혁을 반겼다. 자리를 잡고 앉으며 그녀에게 물었다.

"제일 맛있는 게 뭔가요?"

"뭐든 맛있긴 한데, 제일 잘나가는 건 아무래도 산돼지 다리구이죠."

산에서 지내는 돼지의 근육으로 다져진 다리 부위를 불에 구운 것이다. 거기에 특별한 양념을 살짝 치는 건데 그 양념의 맛이 일품이라 이곳에서 가장 인기가 많았다.

"그걸로 주세요."

"혼자 먹기는 많을 텐데……."

"괜찮아요."

"네, 그럼 조금만 기다려요."

주문을 마치고 주변을 훑어봤다. 왁자지껄한 분위기다.

생각보다 유저가 많네.

통각이야 줄었다지만 미각은 그대로다. 맛있는 음식은 어디에서도 맛있다.

게다가 일루전 내부에서의 음식은 현실에서보다 값이 많이 싼 편이다. 지금 무혁이 시킨 음식의 가격이 30실버였다. 성인 두 명이서 먹어도 넉넉한 양에 맛도 좋다. 현금으로 따지면 겨우 3천 원이니 당연히 인기가 좋을 수밖에 없었다.

그때 음식이 나왔다.

"맛있게 먹어요."

"아, 네."

접시에 담긴 돼지 다리 네 조각이 보인다. 큼직한 것이 정말 혼자서 먹기에는 양이 많아 보였지만 개의치 않고 다리 하나를 집었다. 온기로 인해 희미한 열기가 피어오르는 살점을 뜯는 순간 돼지의 향이 입안으로 번졌다.

오오……!

돼지 비린내가 아니었다. 뭐랄까, 마치 소고기를 먹을 때의 고급스러움이라고 해야 할까. 그와 비슷하지만 분명 돼지고기임을 알 수 있는 특유의 향이었다.

씹을수록 부드러웠고 식감도 쫄깃했다. 게다가 양념까지 더해지니 경험하지 못한 환상적인 맛이 전율처럼 다가왔다. 한마디로 최고였다.

우걱, 우걱.

순식간에 네 개의 다리를 먹었다. 배가 빵빵하게 불러왔다.

"후아……."

숨조차 쉬기 힘들 지경이었다. 그 모습을 본 것일까. 풍채 좋은 여인이 다가와 물을 건넸다.

"다 먹었네요?"

"아, 네. 너무 맛있어서요."

"호호, 고마워요."

그리고 지금이 바로 기회다.

요리 스킬을 배우기 위한 방법. 혼자 식당으로 향해 주인이 추천한 요리를 시켜 전부 먹을 것. 이후 물을 가져다주는 주인에게 음식이 너무 맛있어서 그 방법을 배우고 싶다고 말할 것.

물론 여기서 조금 갈린다. 단순히 맛있어서 배운다고 이야기를 하면 납득이 되지 않기에 거절하는 곳도 많다. 그렇기에 조금의 양념이 필요하다.

그리 어려운 방법은 아니지만 알지 못하면 시행하기 어려운 키워드였다. 하지만 무혁은 해답을 알고 있는 상황이니 실천만이 남았다.

무혁은 천천히 입술을 떼었다.

"저기……."

"네?"

"요즘 제가 탐험을 하고 있는데 혼자 다니다 보니 맛있는 음식이 그리워지더라고요. 특히 몬스터가 우글거리는 곳에서 혼자 밤을 지새워야 할 때 더더욱. 그때 이 음식을 먹으면 힘이 날 것 같은데……."

잠시 뜸을 들인다.

"실례가 안 된다면 요리하는 법을 배울 수 있을까요?"

"아……."

식당 주인의 표정에 고뇌가 흘렀다.

지금부터는 인내심 싸움이다. 쓸데없는 말을 더할 필요는 없다. 가만히 바라보면서 기다릴 뿐. 그 시선을 느낀 것일까. 식당 주인인 그녀 역시 무혁의 눈을 힐끔 바라봤다.

"후우."

그러다 긴 한숨과 함께 입을 열었다.

"탐험이라……. 혼자서 힘들겠네요."

"네."

"제 음식을 먹으면 힘이 날 것 같다고 하시니……."

그녀가 말을 흐렸으나 무혁은 알 수 있었다.

성공했다.

이어진 말이 그 생각을 입증했다.

"좋아요, 요리를 알려줄게요. 대신 배우면서 제가 하는 일을 도와줄 수 있겠어요?"

동시에 메시지가 떠올랐다.

[요리를 습득하라]

[쉼터의 주인 레나에게 요리를 배워라.]

[성공할 경우 : 요리 스킬 습득.]

[실패할 경우 : 재시도 불가.]

무혁은 고민할 것도 없이 퀘스트를 수락했다.

"물론이죠."

동시에 부드러운 미소가 입가에 걸렸다.

식당이 운영되는 동안 무혁은 주인인 레나를 도와 함께 일했다. 꾀부리지 않고 최대한 성실하게 임했다.

누군가에게 스킬을 직접 배워야 할 때는 알려주는 자의 능력이 아주 중요하다. 그 순간의 감정 역시 영향을 끼친다. 가르쳐 주는 자가 최대한 세심하고 성실하게 알려주면 결과물이 좋을 수밖에 없고 자연스럽게 스킬을 배우는 순간 추가적인 손재주의 상승을 받게 된다.

무기 제작 스킬을 배울 때는 아쉽게도 추가적인 손재주의 상승을 받지 못했다. 대장간 주인 루크의 성격이 감이 잡히지 않았기 때문이기도 하고 솔직히 그때는 어떻게 대응해야 할지 몰랐었다.

하지만 이번에는 가능성이 보였다. 조금만 더 신경을 쓰면 될 것 같았기에 기회를 놓치고 싶지 않았다. 이런 작은 부분에서 얻을 걸 얻어야 남들보다 앞서가지 않겠는가.

"후우, 고생하셨어요."

"생각보다 힘드네요."

"그렇죠? 세상에 쉬운 일은 없으니까요."

레나는 부드럽게 웃었다.

"오늘 노력하는 모습 잘 봤어요. 영업은 끝났지만 시간이 된다면 바로 알려드릴 수 있어요."

"아, 저야 감사하죠."

"그럼 시작해 볼까요?"

"열심히 배우겠습니다."

레나와 함께 주방으로 이동했다. 준비된 재료를 꺼낸 레나가 요리를 하면서 상세하게 설명을 곁들여 줬다.

"여기선 고기의 살점을 이렇게……. 양념은 양파와 다진 마늘, 간장과…….”

요리의 기본적인 방법과.

“가장 중요한 걸 말하지 않았네요.”

“뭐죠, 그게?”

“바로 마음이에요.”

만드는 사람의 마음을 강조했다.

“진심이 담긴 정성이 가장 중요하답니다.”

무혁은 그녀의 말을 절대 한 귀로 흘려듣지 않았다. 최대한 머리에 집어넣으려고 애썼고 또한 마음에 담으려고 노력했다.

그러는 사이 그녀의 요리가 완성되었다.

[산돼지 다리 구이]

요리사만의 특별한 소스를 첨가한 다리 구이에 노력과 정성이 깃들어 있다.

-30분 동안 체력(1) 상승

확인한 순간 희열이 올라왔다. 분명 식당에서는 스탯의 상승이 없었다. 그런데 지금은 생겼다. 그 말은 레나도 최선을 다했다는 소리였다.

좋아!

주먹을 쥐며 주방에 섰다.

"이제 제가 해볼게요."

"좋아요."

그 순간 메시지가 떠올랐다.

['임시 요리사'로 적용됩니다.]

요리는 오직 손재주의 영향만을 받는다.

정성? 마음? 솔직히 잘 모르겠다. 그런다고 정말 요리의 맛이 달라질까? 하지만 최선을 다해야 한다는 건 확실했다.

최대한 집중해서 레나가 알려준 대로 요리를 이어 나갔다. 소중한 이에게 줄 음식이라 여기고 정성스럽게 요리를 했다.

양념을 만들고 고기를 양념에 재고 이후 불에 굽는다. 아주 단순했으나 생각보다 큰 집중을 요하는 일이었다. 거의 마무리 단계에 도달했을 즈음에는 주변의 상황을 잊어버렸다. 그저 요리 자체에 몰두해 버린 것이다.

치지직.

구워지면서 아래로 떨어지는 육즙, 그것이 불에 닿으니 마치 빗소리와 흡사한 음률을 선사했다.

그 소리를 놓치지 않았다.

치직, 치지직.

조금 기다렸다가 절묘한 타이밍에 고기를 꺼냈다. 그러자 레나의 눈이 빛났다.

"다 된 것 같네요."

그 말에 무혁은 정신을 차렸다.

"아……."

황급히 구워진 돼지의 다리를 접시에 올렸다. 이후 조심스럽게 먹어보는 레나를 보며 무혁은 조금 긴장했다.

마음에 안 들면 못 배우는 거겠지?

걱정은 순식간에 사라졌다. 레나가 밝게 웃었기 때문이다.

"겉은 바삭하고 속은 부드럽네요. 아주 맛있어요."

그녀의 인정을 받는 순간.

['정식 요리사'로 인정됩니다.]

['요리 스킬'을 습득합니다.]

['뛰어난 보상'을 획득합니다.]

[레나의 인정을 받아 추가적으로 손재주(2)가 상승합니다.]

요리 스킬을 배운 것은 물론이고 손재주 스탯이 추가적으로 2나 상승했다. 이로써 손재주가 31이 되었다.

무혁은 마음속으로 크게 환호하며 레나를 쳐다봤다.

목표했던 요리 스킬을 습득했기 때문에 더 이상 이곳에 있을 이유는 없었다. 하지만 최선을 다해서 요리를 알려준 레나와는 인연을 이어가고 싶었다. 물론 NPC라고 치부할 수도 있지만 무혁은 일루전의 NPC 역시 사람과 크게 다르지 않다고 생각했다.

"고맙습니다."

"고맙긴요, 뭘."

"아르센 왕국에서 지내는 동안은 자주 들를게요."

"저만의 레시피를 다 빼가려고요?"

"설마요."

사소한 대화를 조금 더 나눈 두 사람은 시간이 꽤 늦었음을 깨닫고 다음을 기약했다.

레나는 일루전 속의 집으로, 무혁은 캡슐을 나와 현실로 돌아왔다.

아침 일찍 일어나 헬스장에서 운동을 하고 집으로 돌아오는 길에 식당에서 아침을 사먹었다.

이후 일루전에 접속해서 대장간에서 자체적으로 주는 퀘스트를 클리어하면서 꾸준히 손재주를 올렸고 괜찮은 무기는 경매장에 팔았다.

대장간이 문을 닫는 시간이 되면 사냥터로 향해 사냥을 이어갔다. 간간히 음식을 만들면서 요리 스킬의 경험치도 올렸다.

그즈음 업데이트를 한다는 소식이 들려왔지만 무혁은 같은 생활을 반복했다.

그러다 업데이트 당일, 경험치를 확인하면서 한 가지 욕심이 생겼다.

흐음, 업데이트까지 남은 시간은 7시간 남짓.

업데이트가 시작되기 전에 20레벨을 찍고 싶었다.

지금 경험치가……

대략 70프로까지 차오른 상태.

스탯을 확인했다.

힘 26, 민첩 11, 체력 14.

아이템 덕을 보고 있다지만 그래도 엄청난 수치다. 여기에 스켈레톤과 좀비를 더한다면 뭘 잡을 수 있을까? 32레벨의 강철 개미 정도는 약점을 알기에 손쉽게 처리가 가능하리라.

문제는 유저들의 시선인데. 약점이 알려지면 누구나 강철 개미를 사냥해 빠른 레벨 업이 가능해질 테니까.

아니면 오크? 오크는 23레벨의 몬스터다. 깊숙한 곳으로 들어가면 오크 전사가 나오는데 놈은 25레벨이다. 오크 대전사는 30레벨이었고.

오크 대전사만 아니라면 세 마리 이상도 동시에 사냥할 수 있을 것이다. 강철 개미보다 획득하는 경험치는 낮겠지만 같은 시간에 더 많이 잡을 수 있을 것이다. 제대로 비교해 보지 않아서 확신할 순 없지만.

고민이 길어지려는 찰나.

에이, 어차피 가는 일이니까.

생각을 거기서 멈췄다.

강철 개미 군락지로 가기 위해선 반드시 오크 부락을 지나야 한다. 가는 길에 사냥을 해도 되고 자리가 없으면 지나쳐서 강철 개미 군락지로 향해도 되리라.

바로 동문을 나섰다.

오크 부락 근처에 도착했다. 사냥에 한창인 유저들이 보였다. 세 명 이상으로 구성된 파티가 대부분이었지만 홀로 사냥하는 이도 적잖게 보였다. 네크로맨서나 다른 소환 계열의 직업도 보였고. 덕분에 홀로 사냥해도 전혀 이상하지 않을 것 같았다.

흐음.

오크는 많았다. 하지만 유저가 더 많았다.

여기는 자리가 없고.

부락으로 접근했다.

오크 전사와 오크 아처도 보였다. 가까워질수록 놈들의 수가 늘어났다. 반면 유저의 수는 줄었다.

여기가 좋겠네.

자리를 잡고 기다렸다.

오크 전사 한 마리와 오크 아처 한 마리가 리젠되는 순간.

"스켈레톤 소환, 좀비 소환."

골골일과 골골이, 좀비가 나타났다.

"자동 공격."

검과 방패를 지닌 스켈레톤과 너클을 착용한 좀비가 명령과 함께 앞으로 튀어 나갔다.

무혁은 상황을 지켜봤다.

키릭, 키리릭!

쿠어어어!

3 대 2의 싸움이었으나 소환수가 밀리는 형국이었다.

쩝, 아직은 안 되나.

무혁의 스탯은 확실히 높다. 하지만 레벨은 낮다.

20퍼센트의 추가 스탯을 얻으니 스켈레톤과 좀비의 힘, 민첩, 체력의 합은 20 정도일 것이다. 분명 괜찮은 수치지만 힘이 워낙 높아 HP가 부족하다는 단점이 있다. 해서 오크처럼 공격력이 높은 녀석들과 싸우게 되면 생각보다 빨리 역소환될 가능성이 있었다.

그래도 첫 싸움이기에 끝까지 보고 판단하기로 했다.

키리릭!

골골이가 오크의 검에 가격당하며 역소환되었다.

함께 하던 골골일이 검으로 오크의 가슴을 찔렀다. 그간 꽤나 공격을 받은 탓에 비틀거리는 사이 좀비가 달려들어 주먹을 뻗었다. 곧바로 거리를 좁히며 끌어안더니 오크의 목을 물어뜯기 시작했다.

크워어어어!

발광하던 오크가 회색빛으로 물들어 가고.

팡!

뒤쪽에 있던 오크 아처의 화살이 좀비의 등에 꽂혔다. 또다시 역소환.

골골일과 오크 아처, 남은 것은 둘뿐이었다.

골골일이 오크 아처를 공격하기 위해 접근했다. 하지만 오크 아처의 화살이 더 빨랐다. 오크 아처는 몇 번이나 공격을 성공시켰고 그 대미지가 꽤 셌는지 골골일은 공격하기도 전에 역소환되어 버렸다.

흐음, 이 정도인가.

확실히 지혜가 낮아 전투하는 법을 잘 모른다. 공격을 고스란히 받으니 일찍 죽을 수밖에. 차차 나아지겠지만.

생각의 정리를 마치고 무혁이 나섰다.

저벅.

오크 아처가 다시 화살을 쏘았다. 날아드는 화살을 방패로 막았다. 충격은 미미했다. HP도 거의 변함이 없었다.

고개를 슬쩍 내밀어 날아드는 화살을 확인했다.

정면의 허공.

거리는 충분한 상태다.

오른쪽 대각선으로 달려 나갔다. 오크 아처가 시위에 건 화살을 쏘기 직전, 왼쪽 대각선으로 방향을 틀었다. 그렇게 거리를 좁힌 후 놈의 복부에 검을 박았다.

고통에 절규하며 뒤로 물러서는 오크 아처. 놈은 그러면서도 화살을 시위에 걸었다. 재차 접근하는 무혁의 얼굴을 노리며 화살을 날렸다.

황급히 방패를 들어서 막았다.

카앙!

충격이 꽤 있었지만 무시하고 돌진했다. 방패로 오크 아처를 밀어냈다.

쿠르륵!

비틀거리는 녀석을 보며 검을 휘저었다.

몇 번의 공격이 들어갔을까. 드디어 오크 아처의 전신이 회색빛으로 화했다.

"사체 분해."

물론 사라지기 전 사체 분해는 기본이었다.

[사체 분해를 시작합니다.]

[오크의 뼈(×2)를 획득합니다.]

[사체 분해를 종료합니다.]

아이템을 가방에 넣으며 잠시 고민했다.

흐음…….

오크 아처가 꽤 번거로웠다. 두 마리만 되어도 상당한 시간을 잡아먹을 것 같았다. 차라리 강철 개미가 나을 것 같은데. 약점을 노린다면 비슷한 시간을 소모해서 한 마리를 잡을 수 있을 것이다.

문제는 유저의 시선이었다. 들키면 약점이 드러나게 된다.

귀찮아지겠지.

그 순간 머릿속으로 한 가지가 스치고 갔다.

-현재 대규모 길드가 이유를 숨긴 채 일부 사냥터의 접근을 제한하면서 많은 유저들의 원성이…….

-강철 개미 군락지 역시…….

흐릿한 기억이다. 내가 본 게 맞나? 정말로 강철 개미 군락지를 모 길드가 점령하고 있다면? 그것이 던전 때문이라면?

오히려 무혁에게는 좋은 일이다. 던전의 위치를 대략적으로 알고 있으니 그 부근에 집중적으로 모여 있을 해당 길드원의 시선만 피해 사냥을 몰래 하면 되는 것이니까.

걸리면 몰랐다고 하면 될 일이다. 이후 강철 개미 군락지를 벗어나는 척하며 다른 위치로 가면 된다. 거기서 또 다른 길드원에게 걸리면? 같은 방법을 반복해야 할 것이다.

그렇게 몇 시간 정도는 충분히 사냥을 이어갈 수 있다. 이미 그렇게 사냥하는 유저도 꽤 많다. 물론 그 사실이 발각되면 척살 대상에 오르겠지만.

위험한 일이지만 그만큼의 대가가 있다. 유저가 없으니 몬스터를 독식할 수 있다. 무혁은 약점까지 안다. 그야말로 폭업이 가능하리라. 욕심이 났다.

"으음……."

어차피 언젠가는 거쳐야 할 장소다. 강철 개미 군락지는 필수니까. 빠른 레벨 업을 위해서라도 반드시.

상황도 살펴볼 겸 가 볼까.

결정을 내렸다.

강철 개미 군락지 부근은 고요했다.

아주 간간이 파티를 이룬 유저들이 보이긴 했지만 그들은 주변을 심각하게 경계하면서 강철 개미를 한 마리씩 사냥하고 있었다.

무혁이 나타날 때마다 흠칫거렸으나 아무런 제지를 하지 않으니 이내 안도하며 다시 사냥을 이어갔다. 그들 역시 길드의 시선을 피해 몰래 사냥하는 입장이리라.

"하아, 젠장. 왜 이래야 돼?"

"마땅히 사냥할 곳이 없잖아."

"다른 제국으로 가면 되지."

"그래도 우리 특성상 여기가 제일 무난하니까."

"쩝, 얼른 레벨 올려서 떠나자."

"그래, 길드가 무서워서 피하나? 더러워서 피하는 거지."

"맞아, 맞아."

그들의 대화에 무혁이 웃었다.

더러워서 피한다라. 정말로 그럴까? 저들에게 길드를 짓누를 힘이 있었다면 그래도 이런 억압을 더럽다고 피했을까?

아마도 높은 확률로 사냥터를 독점하는 길드를 무너뜨렸을 것이다. 하지만 그럴 수 없기에 자존심을 지키고자 본능적으로 내뱉는 말일 뿐이었다.

저들처럼 비겁해지고 싶지 않다. 더 빨리 성장해야 해.

무혁은 나무에 올라 나뭇가지를 타고 이동했다. 대화를 나누던 그들을 지나쳐 조금 더 깊숙한 곳으로 향했다.

어차피 던전은 강철 개미 군락지의 11시 방향에 있다. 그곳으로만 가지 않으면 된다.

아래, 무수한 강철 개미가 보였다. 기회를 엿보다 나뭇가지에서 뛰어내렸다.

강철 개미의 몸통에 떨어진 그가 머리와 가슴을 연결하는 잘록한 부위를 검으로 찍었다.

[크리티컬이 터집니다.]

[158의 대미지를 입힙니다.]

강철 개미가 소리 없이 아우성쳤다. 부들거리며 발광했다. 무혁은 검을 뽑았다가 다시 찍었다.

[크리티컬이 터집니다.]

[156의 대미지를 입힙니다.]

이곳이 바로 강철 개미의 약점이다. 대미지가 잘 박혀서? 아니, 그 정도로는 약점이라고 말하기 어렵다.

이곳에 검을 박아 넣어두고 가만히 있기만 해도 알아서 죽어버리기에 약점이라 부르는 것이다. 고통에 혼자 버둥거리면서 검이 흔들리고 그 흔들림이 충격을 주어 대미지를 입히기 때문이다.

[미미한 대미지를 줍니다.]
[9의 대미지를 입힙니다.]
[8의 대미지를 입힙니다.]
[11의 대미지를 입힙니다.]

그렇게 얼마나 버텼을까. 강철 개미의 움직임이 둔해졌다.

몸을 일으킨 무혁이 검을 뽑은 후 다시 약점인 부위를 강하게 찔렀다.

[경험치를 획득합니다.]

그제야 놈이 죽었음을 확신했다.

"후아……."

지면으로 내려온 후 사체 분해를 시도했다.

[사체 분해를 시작합니다.]

강철 개미의 턱과 목 관절, 그리고 전신을 감싼 단단한 껍질을 획득했다. 개미는 무척추동물에 속하기에 아쉽게도 뼈 조립에 사용할 건 얻을 수 없었다. 그래도 턱과 목 관절, 그리고 껍질은 방어구를 제작할 때 유용하게 사용할 수 있을 것이기에 모아두기로 했다.

[사체 분해를 종료합니다.]

강철 개미가 회색으로 물들며 사라졌다.

스으윽.

그 순간, 주변을 배회하던 강철 개미가 다가왔다. 무혁은 미간을 찌푸리며 서둘러 다시 나무 위로 올라갔다. 강철 개미가 무혁을 잠시 바라보다 다시 주변을 돌아다녔다.

무혁은 가지 위에서 상황을 보다가 한 마리가 동떨어지게 되면 어김없이 그놈의 아래로 떨어져 약점인 연결 부위에 검을 꽂았다.

[크리티컬이 터집니다.]

[158의 대미지를 입힙니다.]

이제 버티기만 하면 된다. 강철 개미가 몸부림을 치면서 검이 흔들리게 되고 그럼 자연스럽게 대미지가 들어가니까.

[미미한 대미지를 줍니다.]

[9의 대미지를 입힙니다.]

[8의 대미지를 입힙니다.]

[11의 대미지를 입힙니다.]

이건 오직 강철 개미만의 약점이다. 다른 몬스터에겐 통하지 않는다.

예를 들어 뱀의 몸통에 검을 꽂는다면 놈들 역시 거칠게 움직이겠지만 단지 그것만으로는 상처를 입히지 못한다. 깊숙하게 검을 꽂은 상태에서 내부의 살점을 베어내기 위해서는 생각하는 것보다 더 큰 힘이 필요하기 때문이다. 차라리 뽑아내어 다른 부위에 다시 꽂아버리는 게 더 낫다.

하지만 강철 개미는 다르다. 머리와 가슴, 가슴과 배를 연결하는 그 부위가 아주 민감하고 약하기에 박아두고 버티기만 해도 상처를 입힐 수 있다.

[7의 대미지를 입힙니다.]

[5의 대미지를 입힙니다.]

[9의 대미지를 입힙니다.]

작은 수치가 쌓여서 거대해진다.

얼마나 버텼을까. 드디어 강철 개미의 움직임에서 힘이 빠졌다. 거칠게 흔들리던 더듬이도 추욱 늘어진 상태다.

지금이 기회였다.

검을 뽑아 든 후.

푸욱.

다시 강하게 내리찍었다.

크리티컬이 터지면서 마무리되었다.

"후우."

약점만 안다면 정말 쉬운 녀석이다. 파티를 맺는다면 동시에 여러 마리도 사냥이 가능하다. 물론 무혁의 힘 스탯이 레벨에 비해 비상식적으로 높아서 대미지가 많이 뜬 것이긴 하지만 안전성이 확보된 몬스터만큼 좋은 먹이도 없다.

문제는 이 약점이 아직은 밝혀지지 않았다는 사실이다. 무혁 역시 알려줄 생각이 없었고.

이곳을 장악하는 길드에게 들키지만 않는다면 이보다 더 좋은 사냥터가 없었다.

온몸에서 성스러운 빛이 뿜어졌다.

[레벨이 상승합니다.]

레벨 20을 찍는 역사적인 순간이었다.

"아아……!"

희열은 잠시였다.

[업데이트를 위해 강제 종료합니다.]

튕겨 버린 것이다.

어둠 속에서 멍하니 있던 무혁이 캡슐을 열고 밖으로 나왔다.

미간이 일그러진 상태였다.

"아, 젠장."

스탯도 찍지 못했다.

그래도, 뭐…….

목표로 했던 20은 찍었기에 아쉬움은 덜했다. 이내 표정을 풀고 침대에 누웠다. 쉬어야 할 지금도 일루전 생각으로 가득하다.

접속하자마자 스탯을 찍고, 이후 조폭 네크로 전직하기 위해 퀘스트를 진행해야 한다. 그러면 더 이상 무혁이 앞으로 나서서 전투를 하지 않아도 되리라. 특수 직업이라 할 수 있는 조폭 네크로맨서이기에 초반만큼은 꽤나 강력하니까.

물론 시간이 지날수록 약해지지만 무혁은 머릿속을 가득 채운 정보를 이용해 오히려 더 강하게 만들 자신이 있었다.

고개를 저었다. 쉴 때는 확실하게 쉬어주는 것, 그것 역시 필요한 일이다. 그렇기에 일루전에 대한 생각을 지웠다.

뭘 하지?

이미 새벽을 훌쩍 넘긴 시각이다. 그럼에도 잠이 오지 않았다.

기대감 때문이겠지.

그렇다고 밤을 새울 수도 없었다.

이럴 땐 운동이 최고지.

헬스장은 문을 닫았을 시간이니 별수 없이 집에서 간단하게 몸을 움직였다. 팔굽혀펴기, 윗몸일으키기, 스쿼트 등을 하면서 땀을 흘렸다.

30분간 적당하게 움직인 후에 미지근한 물로 샤워를 했다. 이후 침대에 누우니 나른한 피로감이 급격하게 몰려들었다.

아아, 좋다…….

이내 생각이 흐려졌다.

제4장
전직

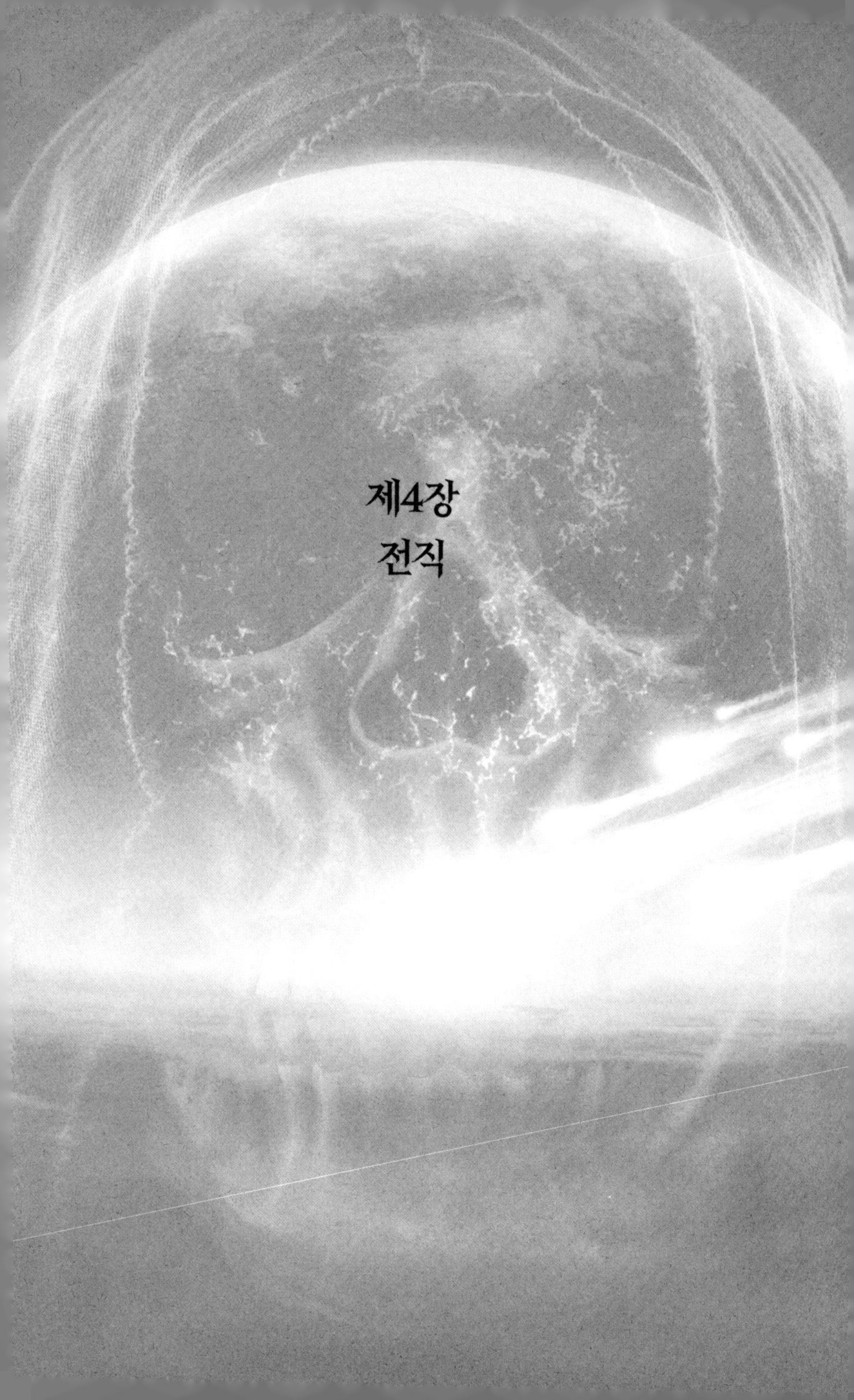

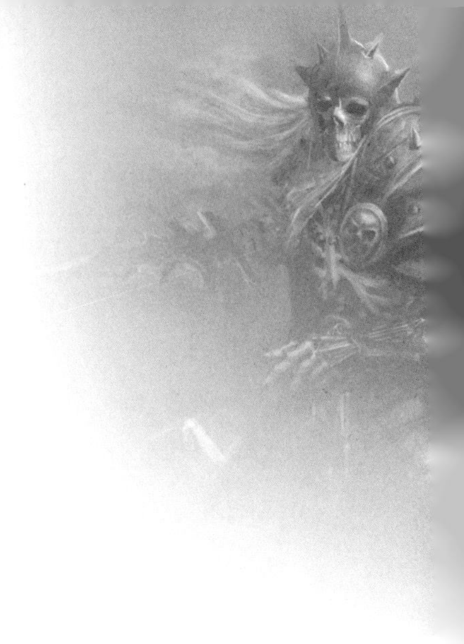

평소보다 일찍 일어난 무혁은 세수만 간단하게 한 후 곧바로 헬스장으로 향했다. 1시간의 운동을 끝마치고 집으로 돌아오는 길에 아침을 먹었다.

이후 일루전에 접속하자마자 본 캐릭터의 체력부터 올렸다. 이후 스켈레톤과 좀비를 소환하여 상태를 확인했다.

[소환수 창]

이름 : 골골일

레벨 : 15

HP : 150 / MP : 50

힘 : 8 / 민첩 : 5 / 체력 : 5

지식 : 5 / 지혜 : 5

보너스 포인트 : 7

이름 : 골골이

레벨 : 15

HP : 150 / MP : 50

힘 : 8 / 민첩 : 5 / 체력 : 5

지식 : 5 / 지혜 : 5

보너스 포인트 : 7

이름 : 좀비1

레벨 : 15

HP : 200 / MP : 25

힘 : 8 / 민첩 : 5 / 체력 : 5

지식 : 5 / 지혜 : 5

보너스 포인트 : 7

상세 정보는 보지 않았다. 스탯을 확인하는 것만으로도 충분했기 때문이다. 유저로 따지면 무려 14레벨에 해당하는 수치였다. 거기에 보너스 포인트가 7개 있으니 전부 올리면 21레벨에 해당한다. 지식과 지혜는 의미가 없으니 18레벨인가.

무혁의 스탯이 평범함을 넘어선 까닭에 가능한 수치였다.

흐음, 나쁘지 않아.

그럼 지금까진 왜 그렇게 약하게 느껴졌던 것일까?

첫째, 무혁이 본인을 기준으로 삼았기 때문이다. 압도적인 스탯을 지닌 무혁조차 신중하게 사냥해야 하는 곳에서만 전투를 치르니 당연히 그보다 한참이나 약한 스켈레톤이나 좀비가 더욱 약하게 느껴질 수밖에 없었다.

둘째, 힘과 민첩, 지식의 증가로 인한 수치의 상승은 유저와 동일하게 적용이 되지만 레벨 업과 체력, 지혜의 증가로 인한 HP, MP의 상승은 유저보다 낮게 적용된다.

일반적인 스켈레톤은 레벨 업을 해도 체력이 상승하지 않고 또한 체력이 하나 오를 때마다 겨우 30의 HP가 증가하기에 유저보다 오래 버틸 수 없는 것이다.

물론 모든 소환수가 그런 건 아니다. 가장 처음에 소환되는 일반적인 스켈레톤이 그렇다는 이야기다. 나중에 등장하게 될 상위 스켈레톤은 지금보다 더 큰 폭으로 HP가 증가하게 될 것이다.

무혁은 생각을 정리하고 소환수의 스탯부터 올렸다.

민첩 2개, 체력은 5개.

그러자 상승한 스탯이 보인다.

[소환수 창]

이름 : 골골일

레벨 : 15

HP : 300 / MP : 50

힘 : 8 / 민첩 : 7 / 체력 : 10

지식 : 5 / 지혜 : 5

보너스 포인트 : 0

확인을 마치고 소환수 창을 껐다.

이제 전직 퀘스트를 수행해야 할 차례기에 대장간으로 향해 루크에게 상황을 설명했다.

"흐음, 자리를 며칠 비워야겠다고?"

"네."

"뭐, 어쩔 수 없는 일이지. 나도 이방인을 오래 데리고 있을 생각은 없었으니까. 사실 이렇게 오래 있어준 것도 의외라고 여기는 중이니. 아무튼 쉬다가 와라."

무혁이 대장간에서 꽤나 오래 머물렀던 것이 루크에게는 의외였던 모양이다.

뭐, 나한테도 이득이 있는 거니까.

솔직히 이 정도 작업장을 찾는 게 쉬운 일은 아니었다. 물론 1회용 제작 도구를 직접 사면 장소에 구애받지 않겠지만 가격이 만만치 않다. 여기서 만들면 되는데 굳이 비싼 돈을 들일 필요가 없었다.

게다가 대장간에서 내어주는 퀘스트를 깨면 효율도 더 좋았고 가끔은 보상으로 손재주 스탯이 상승하기도 했다. 아쉬운 게 있다면 방어구 제작을 배우지 못했다는 점이랄까.

그때였다.

"그전에."

루크가 무혁을 빤히 바라봤다.

"기본은 배워야지?"

"기본이라면……?"

"수리."

"아……!"

깜박하고 있었다. 제작보다 더 많이 쓰일지도 모를 수리. 루크가 지금 그것을 알려주겠다고 직접 언급한 것이다.

"한심하긴, 에잉. 따라와라."

루크를 따라가 그에게서 수리를 배웠다.

['수리 스킬'을 습득합니다.]

[손재주(1)가 상승합니다.]

기분 좋은 알림이 들렸다.

"감사합니다."

"오면 방어구 제작도 준비하고."

아쉬웠던 방어구 제작까지. 루크는 이미 준비하고 있었는지도 모른다. 무혁을 떠나보낼 것을. 보내는 길에 방어구 제작까지 알려줄 작정인 것이다. 고맙고 미안한 마음뿐이었다.

"금방 다녀올게요."

"그러든지 말든지."

루크의 까탈에 피식 웃으며 고개를 숙였다.

이후, 워프게이트로 향했다.

게이트를 타고 도착한 곳은 위브라 제국으로 포르마 대륙의 가장 큰 제국이다. 이곳은 왕국 세 개를 합한 것보다 더 넓고 거대했다. 하지만 그 넓은 공간조차 유저로 북적거렸다.

정말 많네.

대한민국뿐만이 아니다. 일본, 중국, 등 아시아쪽 유저는 대부분 포르마 대륙에서 시작한다. 그러니 이렇게 많을 수밖에. 이 많은 인원을 수용할 수 있다는 사실이 더 대단하게 느껴졌다. 게다가 발견된 지역보다 개척되지 않은 지역이 더욱 많다. 지금은 개발자가 아닌 이상 오직 무혁만이 아는 사실이었다.

천천히 둘러보던 무혁이 발걸음을 멈췄다.

벌써 왔나.

목적지인 위브라 제국의 도서관이었다. 고풍스러운 분위기가 흐르는 거대한 도서관은 현대에 존재하는 건물과 비교해도 손색이 없었다. 아니, 특유의 아름다움은 오히려 현대의 건축물보다 더 나았다. 게다가 넓고 또한 높았다.

엄청 크네.

안으로 들어가니 복도가 나타났다. 복도의 끝에 위치한 거대한 문. 그리고 그 앞에 두 명의 경비원이 보인다. 거리가 가까워졌음에도 길을 막지 않는 것으로 보아 신분을 확인하기 위한 목적은 아닌 모양이었다. 일종의 경호 역할이리라.

아무튼 그들을 지나쳐 문을 열었다.

끼이익.

내부가 드러났다.

어마어마하게 넓은 홀, 그리고 그 공간을 모두 채우고 있는 책꽂이. 더 놀라운 것은 그 책꽂이에 빽빽하게 들어선 책이었다.

"우와……."

절로 감탄이 새어 나왔다.

그런 무혁을 입구에 있던 중년의 사내가 웃으며 바라보고 있었다.

"책을 보러 왔나요?"

정신을 차린 무혁이 그를 쳐다봤다.

"예? 아, 네."

"천천히 둘러보세요. 다만 책을 이곳에서 모두 보고 갈 경우에는 괜찮지만 빌릴 경우에는 특별한 계약을 맺어야 하니 알아두세요."

"아, 감사합니다."

어차피 빌릴 생각은 없었다.

"그럼."

사서에게 대충 인사한 후 천천히 주변을 돌아보기 시작했다.

책꽂이 앞에는 팻말이 있었는데 그곳에 어떤 종류의 책이 있는지 알려줬기에 관심사가 아닌 분야는 바로 지나칠 수 있었다.

「포르마 대륙의 역사」

이곳에 역사책이 있는 모양이었다.

여기는 아니고.

몇 개의 책꽂이를 지났을까 드디어 원하는 걸 찾았다.

「직업」

엄청난 크기의 책꽂이 앞에 섰다.

여기에 꽂힌 책이 다 직업에 관련된 책이라…….

이 많은 것 중에서 네크로맨서에 관한 걸 찾아야 한다.

다행히도 책꽂이 중앙에 상세하게 직업이 분류되어 있었다. 손을 뻗어 네크로맨서와 관련된 서적을 아무거나 하나 뽑아 들었다.

첫 번째 장을 펼치면서 눈에 들어오지도 않는 글귀를 억지로 머리에 집어넣었다.

「네크로맨서의 기원을 아는 자는 드물다. 혹자는 흑마법사의 한 갈래라고 하는데 단언컨대 그것과는 다르다. 흑마법은 마족의 힘을 빌려 사용하며 그 대가로 생명을 주어야 하나 네크로맨서의 힘은…….」

그때 기다리던 인기척이 느껴졌다. 입구에서 무혁을 반겼던 그 중년인이었다. 도서관 내부의 일을 관리하는 그는 30분마다 돌아다니며 정리를 하는 한편, 안에 있는 이들이 어떤 책을 읽는지 확인했다. 그러곤 묘한 표정을 지으며 다시 자리로 돌아가는 행동을 반복했다.

무혁은 그의 시선을 느끼면서도 꾸준히 책만 읽었다. 오직 하나, 네크로맨서와 관련된 것들만 말이다.

그렇게 6시간이 흘렀을 때.

"후아……."

무혁은 긴 호흡을 뱉으며 서적을 집어넣었다. 드디어 지루한 인고의 시간이 끝난 것이다. 서둘러 사서에게로 향했다.

"실례합니다."

"무슨 일인가요?"

"네크로맨서와 관련된 서적을 보고 있는데 책이 너무 많기도 하고 내용이 거기서 거기라 아쉬운 마음에 추천 좀 부탁드릴까 싶어서 왔습니다."

"호오, 지금까지 네크로맨서 서적만 본 건가요?"

"네."

"6시간 동안이나요?"

"아, 시간이 그렇게 흐른 줄은 몰랐네요."

사서의 표정이 살짝 변했다. 흥미롭다고 해야 할까.

"혹시 직업이 뭔지 알 수 있나요?"

"네크로맨서입니다만……."

그 순간 사서가 잠시 눈을 감았다. 한참이나 그렇게 있던 그가 천천히 눈을 뜨며 무혁을 쳐다봤다.

"좋아요, 제가 서적 하나를 추천하죠. 따라오세요."

무혁은 사서를 따라가며 안도했다.

조폭 네크를 얻기 위한 과정은 이렇다. 첫 번째로 네크로맨서 직업을 얻을 것.

두 번째로 20레벨이 되어 위브라 제국의 도서관으로 향할 것, 이후 그곳에서 6시간 동안 네크로맨서 서적을 읽으며 시간을 보내고 사서를 찾아가 책을 추천받을 것.

마지막으로 그 책에서 문서 하나를 찾아내는 것이다. 그러면 연계 퀘스트가 주어지는데 그걸 해결하면 조폭 네크로 전직할 수 있게 된다.

이제 문서를 찾고 연계 퀘스트만 깨면 돼.

어느새 네크로맨서 서적 앞에 도착한 두 사람이었다.

사서가 구석에 놓인 긴 막대기를 들더니 꼭대기 측면에 위치한 서적을 하나 잡아당겼다. 떨어지는 서적을 받아 든 사서가 무혁에게 건넸다.

"읽어보세요."

"아, 감사합니다."

사서가 돌아가고 홀로 남은 무혁이 서적을 펼쳤다. 주변을 훑어본 후 아무도 없음을 확인하고 책을 대충 넘겼다.

하지만 문서는 나오지 않았다. 책을 흔들어도 봤지만 역시나 아무것도 떨어지지 않았다.

미간이 찌푸려졌다.

왜 아무것도 없지?

뭔가 잘못되기라도 한 걸까. 아니, 그럴 리가 없다. 같은 방법으로 조폭 네크로 전직한 사람들이 속속들이 나왔었기 때문에 정보는 확실했다.

그럼 문제는 나라는 건데…….

일단 추천을 받는 것까지는 성공했다.

문서만 찾으면 돼.

역시 다시 책을 훑어보는 수밖에 없었다.

촤르륵.

몇 번이고 반복했지만 문서는 나오지 않았다. 이대로는 안 되겠다고 판단한 무혁이 자리를 잡고 앉아 첫 번째 페이지부터 차례대로 넘겨보기 시작했다.

1페이지, 2페이지, 그리고 3페이지. 그렇게 하나씩 확인하며 상당한 두께의 서적을 절반 정도 넘겼을 즈음이었다. 멍하니 책장을 넘기던 무혁의 손짓이 멈췄다. 순간적으로 그냥 넘어가선 안 된다는 생각이 뇌리를 스쳤고, 그제야 흐릿했던 시선에 힘이 들어왔다.

직전 페이지를 다시 확인했다. 마지막 문단을 읽고 한 장을 넘겼다.

아……!

내용이 맞지 않았다. 두 장의 페이지가 서로 붙어 있었던 것이다. 손가락에 침을 묻혀서 강하게 문지르니 붙어 있던 종이가 살짝 떨어졌다.

이거였구나.

조심스럽게 붙은 종이를 떼어내는 순간.

툭.

문서 하나가 드디어 모습을 드러냈다.

무혁이 건넨 문서 한 장. 그것을 바라보는 사서의 표정이 무겁게 가라앉았다.

"후우……."

의미를 알 수 없는 한숨까지. 한참을 고민하던 그가 중얼거렸다.

"이것도 인연인가."

"인연이라니……."

사서는 무혁의 말을 무시했다. 그저 웃으며 무혁이 물었던 내용을 다시 한번 확인할 뿐이었다.

"이 내용이 궁금하다고 했죠?"

"네."

"사실 이 내용은 저도 알려드릴 수가 없군요."

"고대 문자가 사용되어서 그런가요?"

"고대 문자는 해석할 수 있답니다. 제가 알려드릴 수 없는 이유는 친우와의 약속 때문이죠. 제가 해드릴 수 있는 건 하나뿐이군요."

그러더니 종이를 꺼냈다.

스슥.

그곳에 무언가를 적기 시작했다.

"이 문서의 주인이라고 할 수 있는 그 친구의 현재 위치예요. 직접 가서 그에게 허락을 구해보세요."

그 순간 퀘스트가 떠올랐다.

[알 수 없는 문서]

[문서의 주인과 대면할 것.]

[성공할 경우 : 연계 퀘스트.]

[실패할 경우 : 없음.]

[퀘스트를 수락하시겠습니까?]

시간제한도 없었고 실패할 경우의 페널티도 없었다. 게다가 방법도 알고 있으니.

"네, 알겠습니다."

당연히 수락이었다.

게이트를 타고 헤밀 제국으로 이동했다.

북쪽의 허름한 건물들 사이. 골목을 벗어나기 직전에 멈춘 무혁은 금방이라도 쓰러질 것만 같은 건물의 문을 가만히 바라봤다.

여긴가.

정보를 글로만 접했기에 확신할 순 없었다. 하지만 골목 끝의 허름한 건물이라고 했으니 여기가 아니면 다른 곳은 없다고 판단했다.

손등으로 문을 두드렸다.

똑똑.

기다려도 아무런 반응이 없었다.

다시 두드렸다. 역시나 반응이 없었다. 그럼에도 무혁은 결코 문을 열어보지 않았다. 잠시 기다리다가 다시 문을 두드릴 뿐이었다. 그렇게 세 번을 반복하고서야 고함이 들려왔다.

"언놈의 자식이 시끄럽게 굴어!"

걸걸한 노인의 목소리였다.

"위브라 도서관에서 고대 문자로 적힌 문서 하나를 발견했는데 거기 계신 사서님이 여기로 가 보라고 하셔서 왔습니다."

"위브라 도서관의 사서?"

"네."

대답을 했으나 문은 열리지 않았다. 무혁은 묵묵히 기다렸다.

1분, 그리고 2분.

"크흠."

노인의 헛기침 소리가 들렸다.

끼이익.

뒤이어 움직이는 소리와 문이 열리는 특유의 삐걱 소리가 나며 열린 문으로 노인의 모습이 드러났다.

깡마른 몸매와 튀어나온 광대, 그와는 대조적으로 맑게 빛나는 눈동자.

"들어와라."

"감사합니다."

노인을 따라 안으로 들어갔다. 좁은 방 안, 식탁이라 부르기도 민망한 구조물 앞에 앉은 노인이 고개를 까딱거렸다.

"뭐 해? 앉아."

"아, 예."

자리를 잡고 앉으니 노인이 손을 내밀었다.

"내놔봐."

가방에서 종이 하나를 꺼냈다. 노인이 낚아채더니 종이에 적힌 고대 문자를 눈으로 읽어 내려갔다. 그러더니 종이를 휙 하고 던졌다.

"흐음, 직업이 뭐냐?"

"네크로맨서입니다."

"그래서 보냈구만."

무혁은 모르는 척 듣기만 했다.

"뭐, 좋아. 직업이 네크로맨서라면 충분히 자격이 있지. 이 이야기를 들을 자격이."

"무슨 이야기인지……."

"조폭 네크로맨서라고 아냐?"

알지만 모르는 척했다.

"아뇨, 처음 듣습니다."

"당연하지, 아주 극소수에게만 전해지는 특별한 직업이니까. 오직 스켈레톤만을 소환할 수 있다는 제한이 붙지만 충분히 성장시킬 경우, 아주 강력한 몬스터에게도 뒤처지지 않는 사랑스러운 녀석들이 태어나지. 물론 이름이 이상할 순 있겠지만 조폭처럼 무수히 많은 부하를 이끌고 다닌다고 하여 붙여진 이름이니 불만은 갖지 마라. 뭐, 초대 조폭 네크로맨서의 작명 실력이 부족하다는 건 부정할 수 없겠지만."

사랑스러운 녀석들이라. 그 뼈다귀들이? 아니, 그건 그렇다고 쳐도, 작명 실력이 부족해? 그건 부족한 게 아니라 최악이다.

물론 생각을 드러낼 순 없었다. 가슴 깊이 넣어뒀다.

"이 문서를 발견하고 날 찾아온 것도 인연이니, 너한테 특별히 선택할 기회를 주마."

"선택이라면?"

"조폭 네크로맨서의 길을 걸어보겠느냐?"

그 순간이었다.

[퀘스트 '알 수 없는 문서'가 갱신됩니다.]

[조폭 네크로맨서의 길]

[숨겨진 직업, '조폭 네크로맨서'로 살아가고 있는 '발시언'에게 인정받을 것.]

[성공할 경우 : 조폭 네크로맨서로 전직.]

[실패할 경우 : 재도전 불가.]

[퀘스트를 수락하시겠습니까?]

고민할 것도 없었다. 이것을 위해서 여기까지 온 거니까.

"물론입니다."

퀘스트가 수락되었다는 알람이 떴다. 동시에 발시언이 크게 웃었다.

"클클, 비리비리하게 생겼는데 성격은 화끈하군. 좋아, 그러면 내가 간단한 시험을 내주지. 그전에 이 말을 꼭 기억해 둬라. 길은 있는 법이다. 안 되면 되게 하고 수단과 방법을 가리지 마라."

뒷말은 귀에 들어오지 않았다. 알고 있는 정보를 토대로 추측하기도 바빴으니까.

그러니까 퀘스트가…….

여기서 갈라진다. 운이 좋으면 쉬운 퀘스트가 뜨고 정말 운이 더러우면 아주 황당한 퀘스트가 나온다.

뭐가 나올까?

"오크 대전사 한 마리만 잡아와."

절로 주먹이 쥐어졌다.

오케이!

생각보다 쉬운 퀘스트라고 생각하는 순간이었다.

"너는 전투에 참가하지 말고."

"예?"

"못 알아듣겠냐?"

"그, 그게 아니라……."

"넌 지휘만 하라고."

"아……."

한 가지 단어만이 떠올랐다.

망했다. 소환수만으로 오크 대전사를 잡으라고?

지금은 거의 불가능한 일이다.

"하아."

절로 한숨이 나왔지만 그렇다고 포기할 순 없었다. 일단 침착하게 소환수들의 상태를 철저하게 살폈다.

그러다 스켈레톤 소환의 경험치가 98프로까지 차오른 것을 확인할 수 있었다. 2퍼센트만 더 올리면 소환 스킬의 레벨이 3이 된다. 즉, 세 마리까지 소환이 가능하다는 소리였다. 거기에 좀비 역시 1레벨 95퍼센트였다. 아마 비슷한 시기에 2레벨로 올라설 것 같았다.

그러면 소환 가능한 개체가 스켈레톤 세 마리에 좀비 두 마리까지 총 다섯 마리가 된다.

그 정도라면…….

어찌어찌 대전사 한 마리는 사냥이 가능할 것도 같았다.

아이템 교체도 필수지. 스켈레톤이 사용할 검과 방패, 그리고 좀비가 사용할 너클.

일단 검 세 자루는 직접 만들기로 했다. 곧바로 아르센 왕국의 대장간으로 향했다. 그곳에서 손님을 상대하고 있던 루크가 무혁을 발견하고선 혀를 찼다.

"한참 걸릴 것처럼 말하더니."

"아, 그게……."

무혁도 멋쩍었는지 그저 웃을 뿐이었다.

"클, 뭐가 필요한 거냐?"

"무기 좀 만들려고요."

"만들어서?"

"다시 가야 해요."

루크가 고개를 끄덕였다.

"잘 사용하고 다녀와라."

"네, 고맙습니다."

작업실로 들어간 무혁이 비어 있는 자리에 앉았다.

"스켈레톤 소환, 좀비 소환."

스킬 숙련도를 위해 소환수를 불러놓은 상태로 작업을 시작했다.

철광석을 올려놓고.

스윽.

망치를 쥔 후 그것을 내려쳤다.

카앙!

쇳소리와 함께 메시지가 떠올랐다.

[결을 맞혔습니다.]

[진행도(3.4퍼센트)가 상승합니다.]

[결을 맞혔습니다.]

[진행도(3.2퍼센트)가 상승합니다.]

[보너스 진행도(0.1퍼센트)가 상승합니다.]

연이어 두 번.

[결을 맞혔습니다.]

[진행도(3.3퍼센트)가 상승합니다.]

[3회 연속 성공]

[보너스 진행도(0.2퍼센트)가 상승합니다.]

다시 세 번.

엄청난 속도로 진행도가 상승했다.

[결을 맞혔습니다.]

[진행도(3.1퍼센트)가 상승합니다.]

[4회 연속 성공]

[보너스 진행도(0.3퍼센트)가 상승합니다.]

타앙! 탕, 타앙!

30분도 채 지나지 않아 검 한 자루가 만들어졌다.

[날카로운 철검]

공격력 17

내구도 70/70

아주 괜찮은 검이었다. 하지만 조금 아쉬웠다. 지금은 체력이 하나라도 더 필요한 때다.

무혁은 다시 제작했다.

카앙!

한 자루, 두 자루, 세 자루……. 검이 쌓여간다.

3시간을 내리 작업만 했을 때.

[강인한 철검]

공격력 18

체력 +1

내구도 80/80

사용 제한 : 힘 8

드디어 원하는 옵션이 떴다. 사용 제한도 낮고 공격력도 준수했다.

좋아!

그간의 노동이 보상받는 기분이랄까. 무혁은 웃으며 그 검을 구입했다. 전에도 말했다시피 재료비만 내면 제작한 것을 본인이 가질 수 있었으니까.

2개만 더 만들자.

시간이 얼마나 걸려도 상관없다. 최대한 준비를 하고 사냥에 임할 계획이었다. 그래야만 오크 대전사를 잡을 수 있을 테니까.

3일이 지났다.

3일 동안 총 여섯 자루의 옵션이 붙은 검이 만들어졌다.

마지막으로 제작한 검에 체력 옵션이 붙은 덕분에 드디어 스켈레톤이 사용할 세 자루가 완성되었다.

힘이 붙은 두 자루와 민첩이 붙은 한 자루는 경매 시스템을 이용해 판매할 생각이었다.

그전에 방패와 너클을 구입해야 했다.

무혁은 먼저 경매 시스템에 자신이 만든 검을 올렸다.

24시간, 시작 가격 5골드.

이후 물건을 살폈다.

[나무 방패]

방어력 3

충격 흡수 45%

체력 +1

사용 제한 : 체력 10

[즉시 판매 가격 : 20골드]

조금 비싼 감이 있었다.

조금 더 살폈다.

[사각 방패]

방어력 3

충격 흡수 43%

체력 +1

사용 제한 : 힘 10

[즉시 판매 가격 : 17골드]

이게 나무 방패보다 더 좋았다. 문제는 사용 제한이었다.

으음…….

스켈레톤은 체력 위주로 올린 탓에 사각 방패를 착용하지 못한다. 이후로도 살폈지만 전부 나무 방패와 비슷한 수준이었고 또 비슷한 가격이었다.

별수 없지.

검색을 이용해 나무 방패와 마찬가지로 체력이 붙은 방패 두 개를 각 20골드에 구입했다. 벌써 60골드를 사용했다.

아직 너클도 남았는데…….

무혁은 잠시 검색을 멈추고 올려놓은 검의 현재 입찰 가격을 확인해 봤다.

[부드러운 철검]

[현재 입찰 가격 : 16골드]

[스산한 철검]

[현재 입찰 가격 : 11골드]

[가벼운 철검]

[현재 입찰 가격 : 13골드]

전부 10골드가 넘은 상태다.

이것도 사용 제한이 없으니까…… 아마도 각 50골드 이상은 받으리라. 그러면 총 150골드 정도.

웃음이 났다.

돈 벌기 참 쉽네.

하지만 이렇게 쉽게 돈을 버는 것도 얼마 남지 않았다. 제작 스킬의 레벨이 4가 되는 순간 사용 제한이 붙을 확률이 크게 증가하기 때문이다.

하지만 상관없다. 이미 목표는 달성했다.

제작 스킬의 레벨이 4가 되면 검에 옵션이 2개씩 붙어서 나오니 그건 또 그것 나름대로 괜찮은 가격에 팔린다.

물론 힘이 아주 높아야 가능하지만 무혁에게는 무리가 없는 일이었다. 혹시라도 기적처럼 사용 제한 붙지 않는다면 그 아이템은 어마어마한 가격에 팔릴 것이다.

그 순간이었다.

['스켈레톤 소환'이 '3Lv'로 상승합니다.]

스킬의 레벨이 올랐다.

좋았어!

드디어 레벨 3이 되었다. 스켈레톤 3마리를 소환할 수 있게 된 것이다.

스킬창 확인.

[스켈레톤 소환 3Lv(0%)]

스켈레톤 3마리를 소환할 수 있다. 기술의 레벨이 높아질수록 소환 가능한 숫자와 10초당 소모되는 MP가 증가한다.

-10초마다 소모되는 MP : 한 개체당 마나 2

[좀비 소환 1Lv(99%)]

좀비 1마리를 소환할 수 있다. 기술의 레벨이 높아질수록 소환 가능한 숫자와 10초당 소모되는 MP가 증가한다.

-10초마다 소모되는 MP : 한 개체당 마나 1

좀비 소환 2레벨도 얼마 남지 않았다. 그러면 총 다섯 마리. 아주 좋은 일이다. 문제는 마나의 소모겠지만.

10초마다 2라……. 무려 두 배로 증가했다. 다섯 마리를 소환하면 10초에 10이 소모되는 것이다. 1분에 60이 소모되고 10분이면 600이다. 물론 초당 회복이 있기에 감안을 해야겠지만 그래도 낮지 않은 수치였다.

이미 알고 있던 부분이었음에도 속이 쓰렸다.

하지만 이내 고개를 저었다.

벌써부터 이러면 안 되지. 나중엔 진짜 힘들어질 테니까.

다시 아이템을 훑었다.

이거 괜찮네.

['날카로운 너클'을 구매하시겠습니까?]

[Yes/No]

예스를 선택하고.

[25골드가 차감됩니다.]

[날카로운 너클을 획득합니다.]

좀비가 사용할 너클 두 개까지 모두 구입했다.

['좀비 소환'이 '2Lv'로 상승합니다.]

좀비 소환의 레벨까지 상승.

모든 준비를 마쳤다. 이제 소환수만으로 오크 대전사 한 마리를 잡으면 된다.

저벅.

오크 부락으로 향했다.

오크 부락 앞.

스켈레톤과 좀비를 소환했다.

키리릭, 키릭!

크르르.

스켈레톤과 좀비가 기존에 사용하던 옵션이 없는 아이템을 해제하고 오늘 새롭게 구입한 검과 방패, 그리고 너클을 착용시켰다. 공격력, 방어력, 체력이 전체적으로 상승했으니 가능성은 충분했다.

가 볼까.

역소환을 한 후에 앞으로 나아갔다.

오크와 오크 아처, 오크 주술사가 리젠되었다. 물론 무혁은 무시했다. 그러면 어김없이 다른 유저가 다가와 해당 몬스터의 어그로를 끌고는 했다.

약 20분을 거닐어 조금 더 깊은 곳에 도착하니 분위기가 확실하게 달라졌다. 유저들의 수준도 한층 높아진 것 같고.

크워어어어어!

그 순간 들리는 포효. 고개가 돌아갔다.

대검을 손에 든 채 거칠게 휘두르는 녹색 괴물이 보였다. 그런 놈을 유저들이 힘을 합쳐 상대하고 있었다.

"크윽!"

"조금만 더 버텨!"

멀리서 봐도 그 차이가 한눈에 들어왔다. 적어도 3.5미터의 키. 마치 유저들이 어린아이처럼 보일 지경이다. 거기에 갑옷을 입은 것처럼 단단하고 거대한 근육과 휘둘러지는 대검의 풍압 소리까지, 모든 것이 압도적인 존재.

오크 대전사.

놈이 바로 무혁의 목표물이었다.

스윽.

고개를 돌려 비어 있는 자리를 물색했다.

저기가 좋겠네.

한곳에 자리를 잡고 잠시 기다렸다.

크르르…….

얼마 지나지 않아 오크 대전사가 리젠되었다.

"스켈레톤 소환, 좀비 소환."

다섯 마리의 소환수가 등장했다.

키리릭!

지금부터 명령에 집중해야 했다. 무혁 본인은 전투에 개입해선 안 되기 때문이다. 오직 지시만을 내려서 오크 대전사를 잡아야 한다.

일반적인 네크로맨서였다면 현재 무혁의 레벨로는 절대로 놈을 잡을 수 없을 것이다. 하지만 무혁의 스탯은 평균 이상이었고, 그중 20프로를 받은 소환수이기에 가능성은 있었다.

그렇게 여겼건만.

퍼석.

단 세 번의 대검질에 골골일이 역소환되었다.

미친……!

회피 명령을 내렸다. 좀비 한 마리가 오크 대전사의 허벅지를 껴안았다. 남은 한 마리가 반대편 발목을 물고 늘어졌다.

골골이와 골골삼이 검을 휘두르고 날아오는 대검은 방패로 막았다.

그럼에도 불구하고 오크 대전사는 포효하며 끝없이 움직였다. 방패로 막아도 충격은 쌓이는 법. 결국 골골이도 역소환되었다. 뒤이어 좀비 한 마리까지.

남은 소환수는 단 두 마리.

반면 오크 대전사는 여전히 쌩쌩해 보였다.

승산이 없어…….

그제야 깨달았다. 조폭 네크로맨서 전직 퀘스트로 오크 대전사가 나오면 무조건 포기하라고 했던 이유를 말이다.

하지만…….

지금의 무혁은 다르다. 정보를 토대로 무섭게 성장해 왔다.

절대 포기 못 해. 방법을 찾아야 한다.

퍼석.

그사이 남은 두 마리 소환수가 사라졌다. 무혁은 미간을 찌푸리며 오크 대전사와 맞붙었다.

상당한 접전 끝에 놈을 겨우 처리할 수 있었지만 표정은 좋지 않았다. 이런 녀석을 소환수만으로 잡으라니.

아니, 길은 있을 것이다.

잠시 사냥터에서 벗어난 후 휴식을 취하며 고민에 빠졌다.

어떻게?

그제야 발시언 영감의 말이 떠올랐다.

"안 되면 되게 하고 수단과 방법을 가리지 마라."

동시에 머릿속에 떠오르는 정보들.

그래, 네크로맨서로 성장했던 자들은 처절했었지.

레벨 100이 넘어갔을 시점. 네크로맨서의 전투 방식은 눈물겨운 수준이었다. 얼마나 힘들게 사냥을 하는지 영상을 보는 모두가 그들을 응원하곤 했다. 일부는 비웃었지만.

그래, 해보자. 할 수 있는 모든 것을.

위브라 제국으로 돌아온 무혁은 잡화점부터 들렀다.

"어서 오세요."

"물건 좀 사려고요."

"뭐가 필요하세요?"

"삽 세 자루하고요, 느림보 물약이랑 혼란의 눈물 100개씩만 주세요."

"알겠습니다. 삽은 각 1실버고요, 느림보 물약은 개당 2실버, 혼란의 눈물은 개당 3실버입니다. 모두 다해서 5골드 30실버가 되겠네요."

"여기요."

값을 지불한 후 아이템을 인벤토리에 넣었다.

잡화점에서 나와 약초집으로 향했다.

"몰리, 크레아스, 비르 각 열 묶음씩만 주세요."

"알겠습니다."

거기서 끝이 아니었다.

문서 판매점으로 향해 무려 10골드 짜리의 소환수 버프 문서까지 구입했다.

10만 원이 이렇게 날아가는구나.

마지막으로 연금술사 길드로 향해 연구가 가능한 방 하나를 대여했다. 그곳의 중앙에 있는 마법의 솥에 몰리와 크레아스를 3.2 대 6.8로 섞고 느림보 물약을 넣었다.

[몰리, 크레아스, 느림보 물약이 섞입니다.]

[마법의 솥이 반응합니다.]

['둔화의 독'이 만들어집니다.]

다음으로 몰리를 1.3, 크레아스를 2.7, 비르를 6의 비율로 섞고 혼란의 눈물을 떨어뜨렸다.

[몰리, 크레아스, 비르, 혼란의 눈물이 섞입니다.]

[마법의 솥이 반응합니다.]

['환각의 독'이 만들어집니다.]

그렇게 만들어진 둔화의 독 100개와 환각의 독 100개, 여기에 소환수 버프 문서까지.

좋아, 준비는 끝났고.

다시 오크 부락으로 향했다.

걸어가면서 인벤토리에 있는 둔화의 독과 환각의 독을 10개씩만 경매장에 올려봤다.

[둔화의 독(×10)]

몰리, 크레아스의 배합물에 특별한 첨가물이 포함되면서 새롭게 탄생한 독이다. 신체에 닿을 경우 몸이 느려지고 지속적인 대미지를 입는다.

[경매]

[시작 가격 : 20실버(×10)]

[현재 입찰 가격 : 없음]

[남은 시간 : 11시간 59분 59초]

[환각의 독(×10)]

몰리, 크레아스, 비르의 배합물에 특별한 첨가물이 포함되면서 새롭게 탄생한 독이다. 신체에 닿을 경우 환상이 보이며 지속적인 대미지를 입는다. 다만 일정 수치의 HP가 하락하게 될 경우 적용되지 않는다.

[경매]

[시작 가격 : 20실버(×10)]

[현재 입찰 가격 : 없음]

[남은 시간 : 11시간 59분 59초]

사실 둔화의 독과 환각의 독은 무혁이 알고 있는 많은 정보 중에 하나일 뿐이었다. 레벨 100이 넘는 유저들만 애용하던 물품이었기에 지금은 판매되지 않을 거라는 생각이 있었다. 하지만 막상 만들려고 보니 돈 있는 사람들이 도움이 되면 값을 치르고 사서 사용할 거라는 확신이 들었다.

약 30분이 흐르고.

오크 부락에 가까워졌을 무렵.

역시…….

예상대로였다.

[둔화의 독(×10)]

[현재 입찰 가격 : 40실버(×10)]

[환각의 독(×10)]

[현재 입찰 가격 : 30실버(×10)]

순수 재료비라고 해봐야 개당 겨우 5실버 남짓. 연금술사 길드에서 대여했던 방의 값을 포함해도 대략 10실버 수준이다.

그런 물건이 지금 각 30실버, 40실버까지 치솟았다. 시간이 지나면 1골드 이상까지 받을 수 있을 것 같았다. 천 원 투자해서 만 원이 되는 건가?

물론 길어야 2주다. 전 세계 수천 명의 연금술사가 스킬을 이용해 몰리와 크레아스의 배합률을 찾아낼 것이고 거기에 들어가는 특별한 첨가물까지 밝혀낼 테니까. 제한된 시간 안에 최대한 본을 뽑아야 했다.

일단 전직부터 하자. 이후 둔화의 독과 환각의 독을 제조하여 판매하면 되니까.

크르르…….

그 순간이었다.

오크 한 마리가 리젠되어 길을 막았다. 조금 놀란 무혁이었지만 이내 호흡을 가다듬으며 검을 뽑아 들었다.

파밧.

거리를 좁힌 후 공격을 퍼부었다. 무차별적이었다.

크르륵…….

겨우 23레벨의 오크로는 무혁의 대미지를 감당할 수 없었다. 몇 번의 칼질에 허무하게 죽어버렸다. 사체 분해도 하지 않고 앞으로 나아갔다. 그제야 저 멀리 오크 대전사가 보였다.

다 왔다.

무혁이 인벤토리에서 삽을 꺼냈다.

"흐읍……!"

그러곤 땅을 파기 시작했다.

푸욱, 푹.

힘이 높아서인지 빠르게 땅이 파였다.

10분, 그리고 다시 10분.

쉬지 않고 삽질을 한 덕분에 대략 1미터의 깊이에 달하는 구멍을 만들었다.

"뭐 하는 거래?"

"함정이라도 만드나? 크큭."

주변 유저들의 비웃는 소리가 들렸지만 무시했다.

계속 삽질, 또 삽질.

40분이 더 지나고서야 삽질을 멈췄다.

"후우……."

1미터 깊이의 구멍 두 개, 1.3미터 깊이의 구멍 한 개. 총 세 개가 완성되었다.

주변을 둘러봤다. 홀로 있는 오크 대전사 한 마리가 보였다.

"스켈레톤 소환, 좀비 소환."

소환을 마치고 들고 있는 무기에 둔화의 독과 환각의 독을 묻혔다. 이후 구멍을 피해 위치를 잡았다.

"좀비, 앞으로. 대기."

오크 대전사에게 골골일을 보냈다. 거리가 좁혀지자 놈이 눈을 부라리며 달려왔다.

"골골일, 후퇴."

첫 번째 구멍이 머지않았다. 지척에 도달한 오크 대전사가 대검을 휘두르는 순간.

"골골일, 누워. 굴러."

오크 대전사의 대검이 허공을 갈랐다.

크워어어어!

분노하며 굴러가는 스켈레톤을 따라갔다.

푸욱.

덕분에 첫 번째 구멍에 놈의 다리가 빠졌다.

크워어?

당황하는 녀석을 바라보며 골골일을 일으켰다.

이후 좀비에게 공격을 명령했다.

좀비의 너클이 오크 대전사의 옆구리에 박히면서 둔화의 독이 작용했다. 오크 대전사의 움직임이 현저하게 느려졌다. 이후 스켈레톤에게도 공격을 지시했다.

검에 묻은 환각의 독이 작용한 것일까? 오크 대전사는 다리가 빠진 상태에서 멍하니 허공을 바라봤다.

"모두 공격!"

제대로 된 타격이 이어졌다.

크으, 크워어어……!

대략 10퍼센트의 HP가 빠졌을 즈음, 놈이 정신을 차리더니 사방으로 대검을 휘둘렀다.

"후퇴."

모두에게 후퇴를 명령했다.

"좀비1, 왼쪽으로. 좀비2는 오른쪽. 골골일, 골골이, 골골삼, 뛰어."

바쁘게 명령을 내리며 오크 대전사를 두 번째 구멍으로 유인했다.

푸욱.

또다시 다리가 빠졌다.

찌이익.

이번엔 소환수 버프 문서까지 사용했다.

[소환수의 '공격력'에 '추가 대미지(10)'가 적용됩니다.]

[소환수의 '방어력(5)'이 증가합니다.]

[소환수의 '체력(100)'이 증가합니다.]

단 5분만 유지될 것이다. 그 안에 끝내야 했다.

"모두 공격!"

다리를 빼내고 있는 오크 대전사에게 소환수들이 달려들었다.

스켈레톤의 검.

좀비의 너클.

공격이 연이어 들어갔다. 환각은 더 이상 걸리지 않았지만 둔화의 독으로 인해 움직임이 여전히 느렸다. 덕분에 다섯 번 맞을 것을 네 번으로 줄일 수 있었다.

문서의 힘으로 방어력과 체력이 올라 한 번 이상의 공격을 더 버틸 수 있게 되었고 추가 대미지 10이 더 박히는 상태였다. 거기에 미미하지만 지속적으로 독 대미지까지 주고 있었다.

그럼에도 불구하고 놈이 휘두르는 대검은 여전히 파괴적이었다.

역시 오크 대전사라니까.

퍼석.

근근이 버티던 골골이가 역소환되었다. 좀비2까지.

크워어어어!

오크 대전사가 포효했다.

여유가 생긴 걸까, 다리를 빼내며 제대로 균형을 잡고 공격을 이어갔다.

하지만 그냥 두고 볼 무혁이 아니었다.

"후퇴."

버프의 남은 시간은 30초 정도, 남은 함정은 한 개.

현재 독 대미지가 들어간 상태다.

별수 없지. 버프는 포기한다. 독 대미지라도 더 들어갈 수 있게 최대한 시간을 끌기로 했다.

"골골일 접근. 대기. 후퇴."

그래서 오크 대전사의 주변을 알짱거리도록 지시했다.

아슬아슬한 상황이 펼쳐졌다. 한 대라도 맞으면 상황이 더 어려워질 수도 있었기 때문이다.

"숙여! 좀비1 물어!"

그러면서 간간히 골골일의 검이 오크 대전사의 신체를 찔러댔다. 덕분에 둔화의 독이 계속해서 놈을 괴롭히는 상태였다. 만약 둔화의 독이 없었다면 벌써 소환수 전부가 역소환되었을지도 모를 일이었다.

"전부 뒤로."

이제 승부를 볼 차례였다.

크워어어어!

포효하며 달려오던 오크 대전사가 마지막 함정에 빠졌다.

오크 대전사의 허벅지가 모두 잠겼다.

"집중 공격!"

더 이상 무혁이 할 건 없었다. 그저 지켜볼 뿐.

긴장감 속에서 시간이 흐르고.

퍼석.

골골일이 부서졌다. 좀비1도 강제로 역소환이 되었다.

남은 것은 골골삼 한 마리.

크륵, 크르르…….

그 순간 오크 대전사의 눈이 풀렸다. 대검까지 놓쳤다.

"골골삼, 목을 노려!"

검이 허공을 가르고.

푸욱.

오크 대전사의 목을 쑤셔 박는 순간.

[소환수의 공격이 크리티컬로 적용됩니다.]

[두 배의 대미지가 들어갑니다.]

[추가 대미지(20)가 적용됩니다.]

놈이 회색으로 물들어 갔다.

아……!

이겼다. 그것도 소환수만으로 오크 대전사를!

"야, 봤냐?"

"어, 대박인데……?"

"와, 소환수 다섯 마리로 오크 대전사를 잡았네?"

"레벨이 꽤 되나 봐."

"그렇겠지? 적어도 30 중반은 될 거야."

유저들의 대화 소리.

"그보다 오크 대전사가 좀 느려 보이지 않았어?"

"맞아, 나도 그렇게 느꼈는데……."

"게다가 함정까지."

"후우, 재밌게 게임 하네."

"힘들게 하는 게 아니라?"

"하긴, 난 저런 짓까지 하면서 왜 네크를 키우려는 건지 모르겠어."

"크큭, 나중에 대부대 소환하는 매력이 있긴 하지."

"약해빠진 스켈레톤 부대?"

물론 무혁의 귀에는 들어오지 않았다. 전율이 올라온 탓이다. 전신을 헤집고 있는 희열.

"후우……."

흥분을 간신히 가라앉히고 투구를 벗었다. 땀을 식히며 불어오는 바람을 느꼈다.

이게 가짜라…….

새삼스레 정말 신기했다. 지금 느껴지는 이 모든 것이 그저 '가상'일 뿐이라는 것이.

조금만 이대로 갈까.

이 시원한 기분을 더 느끼고 싶었다.

그래.

투구를 인벤토리에 넣은 후 퀘스트를 완료하기 위해 몸을 틀었다.

"어, 어어!"

"대박!"

"야, 저기 봐!"

갑자기 주변이 혼란스러워졌다. 저 멀리서 등장한 사람들 때문이었다.

"유라 맞지?"

"와, 실제로 보니까 더럽게 예쁘네."

유라.

일루전의 세계라는 프로그램에서 MC를 맡고 있는 전직 아이돌이었다. 무혁도 실제로 보는 건 처음이었기에 눈이 조금 커졌다.

예쁘긴 하네.

사람들이 환호하는 것도 이해가 갔다. 늘씬한 몸매에 굴곡진 라인, 청순한 얼굴에 요염한 눈동자.

"안녕하세요!"

거기에 어여쁜 목소리까지.

"반가워요. 한 가지만 여쭤보려고 하는데요, 괜찮을까요?"

"그럼요!"

"뭐든 물어보세요!"

"고마워요. 여러분, 혹시 혼자 돌아다니는 유저를 본 적 있으세요? 방패와 검을 소지하고 있을 가능성이 높은데……."

그녀는 아마도 성기사, 그러니까 랭킹 1위를 찾고 있는 것이리라. 그런데 설명만 들으면 뭐랄까.

"흐음……?"

마치 바로 옆에 있는 한 유저가 생각난다고나 할까. 아마도 그의 사냥법이 워낙 독특한 까닭에 머리에 박혀 버린 모양이었다.

아무튼 이야기를 들은 유저들의 시선이 한곳으로 옮겨졌고, 그곳엔 무혁이 덩그러니 서 있었다. 네크로맨서임에도 불구하고 검과 방패를 소지한 채로 말이다.

뭐야, 이 분위기는?

무혁이 미간을 찌푸렸다.

"실례할게요."

그런 그에게로 유라가 다가왔다. 거리가 좁혀지자 유라의 이목구비가 더욱 또렷해졌다.

으음…….

숨이 턱 막힐 정도로 아름다웠다.

"혹시 이름이 어떻게 되세요?"

유라가 무혁을 아래에서 위로 살폈다. 아이템은 썩 좋지 않아 보였다. 그렇다고 함부로 평가를 내리진 않았다. 일루전에는 워낙 특이한 사람이 많았기 때문이다. 실제로 실력자임에도 아이템이 좋지 않은 유저도 많았고.

"그쪽이 찾는 사람은 아닌 것 같은데요."

"네?"

"프로그램을 봐서 알거든요."

"아, 그렇군요. 그래도 알려주시면 안 될까요?"

괜한 이목의 집중은 거절이다. 뭐, 지금 이 상태로는 집중시킬 건더기도 없겠지만.

"됐습니다."

"네?"

"바빠서요. 그럼."

무혁은 그녀를 외면한 채 나아갔다.

"저, 저기요!"

"……."

"잠시만요!"

달려오는 그녀의 기척이 느껴졌다. 무혁은 슬쩍 방향을 틀었다.

“저기, 조금만 얘기를…….”

그 순간 유라가 함정에 빠졌다.

“꺄아아악!”

고개를 돌려 그녀를 눈에 담았다. 애처로웠다. 아름다운 미인이 허우적거리는 모양새라니. 당장에라도 달려가서 도와주고 싶은 마음이 들었지만 애써 고개를 본래대로 돌렸다.

“괜찮아요?”

“유라 씨!”

“뭐 해! 어서 돕지 않고!”

“아, 네!”

뒤에서 일어나는 소란을 무시한 채 걸음을 내디뎠다.

무혁이 발시언 영감이 지내고 있는 집 앞에서 노크를 했다.

“접니다.”

전과는 달리 바로 문이 열렸다.

“벌써 왔나?”

벌써?

그 단어에 순간 울컥했으나 인내했다.

“크큭, 일단 들어와.”

“네.”

안으로 들어가서 자리를 잡고 앉았다. 노인은 무혁을 보더니 단도직입적으로 물었다.

"그래, 소환수만으로 오크를 잡은 거겠지?"

"네."

"정말 지휘만 했어?"

"물론입……."

순간 의문이 들었다.

그러고 보니 지휘만 했는지 아닌지 어떻게 알 수 있는 거지? 그냥 시스템적으로 알아서 처리가 되는 건가?

"날 봐."

순간 무혁과 발시언의 눈이 마주치자 무언가 빠져나가는 감각이 들었다.

"호오, 정말로 성공했네?"

거기서 발시언 영감은 마치 무언가를 본 것처럼 바로 수긍해 버렸다. 동시에 메시지가 떠올랐다.

[퀘스트 '조폭 네크로맨서의 길'을 클리어합니다.]

그러더니 발시언 영감이 문서를 꺼냈다.

"이걸 주기 전에."

"예?"

"오크 대전사를 상대해 보니 어때?"

왜 이런 질문을 하는 걸까?

그러나 무혁은 대수롭지 않게 대답했다.

"그냥 힘들었는데요."

"클, 지금부터 네 녀석이 걸어갈 길은 이보다 더 힘들 거다. 오크 대전사보다 더 강한 몬스터를 상대해야 할 테니까. 게다가 소수의 소환수를 지휘하는 것도 벅찰 지경인데 다수의 소환수를 지시한다? 그것도 수백이 넘을지도 모를 소환수를? 감당할 자신이 있어?"

그 말에 입을 다물고 말았다.

수백이라.

예상했던 숫자였으나 발시언 영감의 입을 통해 들으니 무게가 전혀 달랐다. 하지만 이미 선택했다. 그리고 후회하고 싶지 않았다.

그제야 발시언 영감이 왜 오크 대전사를 사냥하라고 했는지를 깨달았다. 조금이나마 알려주고 싶었던 것이다. 지휘자의 입장에서 많은 이를 통솔한다는 것이 어떤 것인지를.

"자신 있습니다."

발시언 영감이 웃었다.

"크큭, 좋아. 오늘의 경험이 큰 도움이 될 거다."

그제야 문서를 건넸다.

"받아."

그것을 받는 순간 문서에서 기이한 에너지가 폭발하며 터져 나왔다. 그 힘은 허공을 맴돌더니 서서히 무혁의 몸으로 흡수되었다.

['조폭 네크로맨서'로 전직합니다.]

[기존의 스킬이 사라집니다.]

[새로운 스킬이 생성됩니다.]

[새로운 스킬의 레벨이 기존에 있던 스킬의 레벨에 영향을 받아 조정됩니다.]

[힘(1), 민첩(1), 체력(1)이 상승합니다.]

[지식(3), 지혜(3)가 상승합니다.]

무혁의 입에서 탄성이 새어 나왔다.

"아……."

고대하던 일이 성사된 것이다.

견디기가 어려웠다. 이 흥겨움을, 이 기쁨을 말이다.

"끝난 게 아니다."

하지만 즐거움을 만끽하기도 전에 발시언 영감의 행동이 무혁의 심장을 차갑게 만들었다. 그의 손이 오른쪽 가슴에 닿은 것이다.

"무슨……?"

문서와는 다른 에너지의 급류를 맞이했다. 문서에서 뿜어지던 것보다 더욱 찬란했으며 또한 진했다. 그 힘이 몸에 자리 잡는 순간이었다.

['조폭 네크로맨서 로드'의 힘이 깃듭니다.]

[지식(2)이 상승합니다.]

[지혜(2)가 상승합니다.]

[칭호 '조폭 네크의 수제자'를 획득합니다.]

메시지를 확인할 사이도 없이 발시언 영감의 말을 들어야 했다.

"기다리고 있었다. 나의 뒤를 이어줄 녀석을 말이다. 너는 이제 너만의 방식대로 세상에 알려야 할 것이야."

이게 뭐지? 아니, 그것보단 도대체 무엇을?

"어둠이 존재하고 있음을 말이다."

그리고 떠오르는 퀘스트.

[직업 퀘스트가 생성됩니다.]

[몰려드는 어둠]

[예로부터 네크로맨서는 음지에서 활동하며 백마법사들의 멸시와 조롱을 받았다. 그러한 것들을 참지 못하고 뛰쳐나온 조폭 네크로맨서의 창시자는 백마법사들 사이에 어둠이 끼어 있음을 우연히 발견했다. 그 어둠만 밝혀낸다면 백마법을 몰아내고 양지로 나아갈 수 있다고 생각한 그는 즉시 어둠을 파고들기 시작했으나 아직까지도 그 정체를 정확하게 파악하지 못한 상황이다. 조폭 네크로맨서의 수제자가 된 자는 이 어둠을 찾아내어 네크로맨서가 양지로 나아갈 수 있도록 노력해야 할 의무가 있다.]

[성공할 경우 : ?]

[실패할 경우 : 직업의 박탈.]

절로 미간이 찌푸려졌다. 모르는 내용에 한눈에 봐도 힘들어 보이는 퀘스트였기 때문이다.

그런 무혁의 마음은 전혀 상관이 없다는 것처럼, 아니, 마치 무거운 짐을 하나 벗어던진 것처럼 편안해진 표정의 발시언 영감이 물어왔다.

"알겠어?"

"네?"

"알겠냐고, 이 녀석아!"

"뭐를요?"

"너의 의무를 말이다!"

"아, 네……."

"좋아, 그럼 이거 받고 나가."

노인이 뒤에서 상자 하나를 던졌다. 그것을 받은 무혁이 물었다.

"이건……."

"선물이야. 귀찮으니까 이제 나가라고. 잘 성장한다면 빠른 시일 내로 다시 보게 될 테니까."

손을 휘휘하고 젓는다. 무혁은 얼떨결에 집에서 쫓겨나고 말았다.

조폭 네크로맨서의 수제자.

처음 듣는 칭호였다. 게다가 수제자가 되면서 칭호의 효과를 제외하고도 추가로 지능과 지식이 2개나 상승했다. 이미 알고 있던 정보가 아닌 새로운 것이 추가되자 약간의 혼란이 왔다. 그 탓에 처음엔 당황했지만 지금은 오히려 긍정적으로 받아들이고 있었다.

사실 모든 것을 다 아는 상태에서 게임을 하다 보니 조금 지루한 게 사실이었다. 지금과는 다른 인생을 살았던 그때, 전신마비인 상태로 오직 일루전만을 봤었다. 처음부터 끝까지, 말로는 설명하기 어려운 엄청난 발전을 직접 목격한 것이다.

대단했지.

각종 마법이 하늘을 수놓고 그 마법보다 더욱 빠른 움직임을 지닌 유저가 적들을 유린한다. 검 한 번에 수십의 유저가 터지고 손짓 한 번에 수백의 암기가 날아갔으며 그것들을 가만히 받아내는 괴물이 존재했었다.

지금은 어떠한가, 제대로 검을 사용하는 자가 거의 보이지 않을뿐더러 마법사는 여전히 기초적인 것만 발휘하는 수준이었다. 이제 겨우 시작이기에 모든 것이 미미했다.

알고 있지만 답답한 게 사실이다. 현대 문명을 경험한 자가 조선 시대로 돌아가 살아갈 때의 불편함이 어느 수준일지 상상이 가는가. 휴대폰은 물론이고 자동차조차 없으며 편리한 도구 자체가 존재하지 않는 세상.

지금 무혁의 심정이 그러했다. 그래서 지루함을 느끼던 참이었다. 그런 상황에서 수제자라는 칭호와 거대한 흐름을 지니고 올 것만 같은 퀘스트까지 받았다. 흥미롭지 않을 수가 없었다.

아주 좋아.

생각의 정리를 마치고 변화한 상태를 확인했다.

일단 칭호부터.

[조폭 네크로맨서의 수제자]

-HP, MP(200) 상승

-HP 회복률(5), MP 회복률(5) 상승

오오! 절대량과 회복률의 상승이라니!

극히 만족스러웠다.

좋아, 그럼 캐릭터 정보.

상태 창이 떠올랐다.

[기본 정보]

이름 : 무혁

레벨 : 20

직업 : 조폭 네크로맨서

명성 : 600

[칭호]

1. 모험의 시작

-모든 스탯 +1

2.조폭 네크로맨서의 수제자

-HP, MP(200) 상승

-회복률(5) 상승

[기본 스탯]

힘 : 27 / 민첩 : 12 / 체력 : 16

지식 : 16 / 지혜 : 16

보너스 포인트 : 0

많은 부분이 성장했다. 물론 그래도 부족한 게 사실이지만.

스킬도 볼까.

[전용 스킬]

[스켈레톤 마스터리 2Lv(0%)]

스켈레톤의 공격력과 방어력이 2퍼센트 상승한다.

[스켈레톤 전사 소환 2Lv(0%)]

검에 소질이 있는 스켈레톤 4마리를 소환할 수 있다. 기술의 레벨이 높아질수록 소환 가능한 숫자와 10초당 소모되는 MP가 증가한다.

-10초마다 소모되는 MP : 개체당 2

[스켈레톤 아처 소환 2Lv(0%)]

활에 소질이 있는 스켈레톤 2마리를 소환할 수 있다. 기술의 레벨이 높아질수록 소환 가능한 숫자와 10초당 소모되는 MP가 증가한다.

-10초마다 소모되는 MP : 개체당 2

[정신 감응 1Lv(0%)]

생각만으로 명령을 내린다. 기술의 레벨이 높아질수록 복잡한 수준의 명령이 가능해진다.

[시야 확보 1Lv(0%)]

소환수의 위치와 상황을 한눈에 파악할 수 있다. 기술의 레벨이 높아질수록 파악이 가능한 숫자와 위치가 넓어진다.

정신 감응과 시야 확보, 기다리던 스킬이었다. 이제 말하지 않아도 명령이 가능해지고 애쓰지 않아도 소환수의 상황을 알 수 있게 된 것이다.

그게 끝이 아니다. 스켈레톤 전사와 스켈레톤 아처를 모두 소환하면 6마리가 된다. 레벨 5까지는 성장하는 게 쉬운 편이니 조금만 더 시간이 지나면 소환 가능한 개체의 수가 기하급수적으로 증가하게 되는 것이다. 그때부터가 진정한 조폭 네크의 시작이랄까.

물론 문제는 있다. 역시나 MP의 소모량이었다.

현재 무혁의 MP가 1,170. 분당 회복률은 37.

6마리를 소환할 경우 소모되는 MP는 10초당 12.

분당 회복률을 감안한다고 하더라도 결국 1분마다 35씩 마나가 줄어들게 된다.

그러니까 10분이면 350의 MP가 소모되고 30분이면 1,050이 사라진다. 결국 여섯 마리 전부를 소환할 경우 기껏해야 30분을 조금 넘게 유지할 수 있다는 소리였다.

그래도 이게 어디야.

휴식을 병행하거나 전투 도중 몇 마리를 역소환한다면 MP는 크게 부족하지 않을 것이다.

"스켈레톤 전사 소환, 스켈레톤 아처 소환."

6마리의 스켈레톤이 등장했다. 기존의 골골일, 골골이와는 분위기가 달랐다. 완전히 다른 존재인 것이다.

그래서 내가 뼈 조립도 아꼈던 거지.

녀석들의 상태를 확인했다. 아주 흡족한 스탯이었다. 조폭네크가 되면서 본 캐릭터의 20프로가 아닌 30프로가 소환수의 스탯에 더해진다. 그 덕분에 저런 스탯이 가능한 것이고.

게다가 스켈레톤 전사의 경우 레벨 업을 할 때마다 5의 HP가 증가하고 체력 1이 오를 때마다 35의 HP가 상승하고 있었다.

아처의 경우에는 레벨 업을 할 때마다 5의 HP 증가, 체력 1이 오를 때마다 30의 HP 상승이 이뤄지고 있었고. 여기에 무구까지 갖춘다면?

스윽.

무혁은 기존의 스켈레톤이 사용하던 검과 방패를 나눠 줬다. 아처에게는 미리 준비해 뒀던 활을 건넸고.

자, 이제 스탯을 올려볼까.

마지막으로 다시 확인했다.

이름 : 스켈레톤 전사1

레벨 : 15

HP : 490 / MP : 315

힘 : 11 / 민첩 : 10 / 체력 : 12

지식 : 7 / 지혜 : 7

보너스 스탯 : 0

스켈레톤 전사의 힘, 민첩, 체력 스탯만 따져도 23레벨은 되어야 만들 수 있는 수치다. 다만 HP가 유저보다 낮고 착용할 수 있는 아이템의 제한이 있기에 평범한 10레벨 후반의 유저와 비슷한 수준이라 볼 수 있었다.

그런 소환수가 여섯.

결코 적지 않은 수다. 아니, 지금의 무혁에게는 과분한 수라고나 할까. 레벨 20의 유저가 10레벨 후반의 유저 여섯 명을 마음대로 부려먹는 것이나 다름이 없었으니까.

견디기 어려운 즐거움이 휘몰아쳤다.

무혁의 손이 바빴다. 스켈레톤의 뼈를 잡아 뽑아버렸다.

[스켈레톤 전사1의 체력이 줄어듭니다.]

[손재주의 영향을 받아 0.07의 하락이 이뤄집니다.]

이후 고블린 전사의 뼈를 그 부위에 꽂았다.

[스켈레톤 전사1의 힘이 상승합니다.]

[손재주의 영향을 받아 0.23의 상승이 이뤄집니다.]

현재 손재주 수치는 34.

보정 수치가 3으로 적용되는 시기다. 덕분에 0.1이 하락해야 할 상황에서 손재주의 보정을 받아 0.07의 하락만이 이뤄졌고 0.2가 상승해야 할 상황에서 역시 보정을 받아 0.23이 상승했다.

[스켈레톤 전사1의 힘이 줄어듭니다.]

[손재주의 영향을 받아 0.17의 하락이 이뤄집니다.]

[스켈레톤 전사1의 힘이 상승합니다.]

[손재주의 영향을 받아 0.08의 상승이 이뤄집니다.]

실패할 때도 위험도가 더욱 낮아졌다. 본래라면 0.15의 손실이 발생해야 했지만 손재주 덕분에 겨우 0.09의 손실만 입게 된 것이다.

물론 손재주는 앞으로 올리기가 아주 어려워진다. 아이템으로 상승시킬 수도 없다. 오직 손재주와 관련이 있는 스킬을 배울 때나 혹은 해당 스킬의 레벨이 상승할 때, 그게 아니라면 특수한 퀘스트를 얻어 해결하는 방법뿐이다.

다른 보조적인 스킬을 배우면 되지 않냐고? 그 역시 힘들다. 예를 들어 제봉 스킬. 그것도 손재주와 관련이 있기는 하지만 크게 보면 제작에 포함되어 있기에 배워도 추가적인 손재주의 상승이 이뤄지지 않는다.

스킬 레벨을 올리면 되지 않냐고? 그렇게 하더라도 제봉 스킬이 제작 스킬을 뛰어넘기 전에는 손재주가 상승하지 않는다. 즉 배워봤자 크게 의미가 없다는 이야기다.

예술 계열이 남아 있기는 한데 아직은 더 고민해야 할 문제였다.

생각을 정리하고 다시 뼈 조립을 이어갔다.

NPC들과 사냥했던 고블린 전사, 그리고 오크의 뼈는 생각보다 상승에 도움이 되었다.

1시간이 넘도록 집중한 결과가 눈앞에 떠올랐다.

이름 : 스켈레톤 전사1

레벨 : 15

HP : 560 / MP : 315

힘 : 12 / 민첩 : 10 / 체력 : 14

지식 : 7 / 지혜 : 7

보너스 스탯 : 0

이름 : 스켈레톤 전사2

레벨 : 15

HP : 595 / MP : 315

힘 : 11 / 민첩 : 10 / 체력 : 15

지식 : 7 / 지혜 : 7

보너스 스탯 : 0

스켈레톤 전사1은 힘 1개, 체력이 2개 올랐고 전사2는 체력만 3개가 상승했다.

현재 무혁의 힘 스탯이 27이다. 여기서 30퍼센트를 추가로 받은 스켈레톤의 정확한 힘 수치는 11.4로 볼 수 있다. 0.6이 비어버리는데 그걸 올려 버린 덕분에 쉽게 한 개의 스탯을 상승시킬 수 있었다.

체력은 무혁의 스탯이 16이었고 그것의 30퍼센트가 더해져 정확한 체력의 수치는 10.8이 됐다. 즉, 0.2개만 올리면 1개의 스탯이 더해지기 때문에 체력을 2개, 3개씩 올릴 수 있었던 것이다.

물론 고블린 전사가 지닌 뼈의 특성이 체력이라는 것도 한몫을 했지만 말이다.

나머지 스탯도 애매하게 상승하긴 했으나 아직 1개가 오를 수준은 되지 않아 변화가 없었다. 다른 스켈레톤은 뼈가 부족해서 보류한 상황이었고.

흡족하게 바라보던 무혁이 스켈레톤 전사1에 손을 올렸다.

가만히 있으니 메시지가 떠올랐다.

[이름을 변경하시겠습니까?]

[Yes/No]

예스를 선택했다.

[이름을 정해주십시오.]

골골일이나 골골이로는 이름이 헷갈린다. 전사와 아처의 구분이 필요했다.

흐음.

고민은 짧았다.

"검뼈1."

이어지는 순서는 당연히 검뼈2, 검뼈3, 검뼈4였다.

아처의 이름도 바뀠다.

"활뼈1, 활뼈2."

누가 들어도 유치한 이름이었으나 정작 무혁 본인은 꽤나 만족스러운지 고개를 몇 번이나 끄덕였다.

좋아, 아주 좋아.

그러나 소환된 스켈레톤들은 마음에 들지 않는 것일까.

키릭, 키리릭…….

특유의 소리를 구슬피 내뱉고 있었다.

목표물은 바로 정해졌다. 32레벨의 강철 개미, 놈을 사냥하면 30까진 빠르게 클 수 있다. 약점도 알고 있고.

대장간은 좀 더 있다가 가기로 했다. 지금은 사냥을 해야 할 때였으니.

무혁은 근처 시장으로 향해 음식 재료를 샀다. 오랜 사냥을 견디기 위해선 필수였다.

이후 경매장 시스템을 이용했다. 올려둔 물건들의 현재 가격과 괜찮은 아이템이 있는지 확인하기 위함이었다.

[차가운 철검]

공격력 16

힘 +1

내구도 60/60

[경매]

[남은 시간 : 3시간 28분 11초]

[시작 가격 : 10골드]

[현재 입찰 가격 : 27골드]

차가운 철검과 기운의 철검은 힘을 올려주기에 벌써 25골드를 넘어서고 있었다.

가벼운 철검은 민첩을 올려주기에 현재 20골드가 조금 넘은 상태였다.

민첩이란 스탯은 쌓이면 쌓일수록 효과가 기하급수적으로 늘어난다. 하지만 당장 그 자리에서 체감하기에는 힘이나 체력이 더 나은 게 사실이었다.

그래도 괜찮은 가격이야.

검 세 자루는 상당한 값에 판매될 것 같았다. 충분히 만족스러웠다.

자, 다음은…….

환각의 독과 둔화의 독을 확인할 차례였다.

"허어……."

절로 탄성이 새어 나왔다.

검의 가격? 당연히 좋았지만 환각의 독과 둔화의 독은 그보다 더 큰 즐거움을 선사했다.

도대체 몇 배 장사야?

환각의 독이 78실버, 둔화의 독은 무려 95실버였다.

지금 남아 있는 두 가지 물품을 확인해 봤다. 100개씩 만들어서 5개를 사용했고 10개는 경매장에 올린 상황이다. 현재 85개가 남은 상태였다.

나도 써야 하니 35개를 남기고 55개를 더 올리기로 했다.

시간은 6시간으로 설정, 시작 가격은 80실버로 정했다.

그럼 이제 가야지.

경매장 시스템을 끄고 워프 게이트로 향했다.

"어디로 모실까요?"

"아르센 왕국."

처음 시작했던 장소로 돌아갔다.

오크 부락과 강철 개미 군락지의 중간 지점 리자드맨 소굴에 도착했다.

얼마나 나아갔을까.

쿠륵, 쿠르륵!

나무에 가려 보이지 않았던 리자드맨 한 마리와 정면으로 마주치고 말았다.

무혁과 리자드맨 모두 흠칫거렸다.

파밧.

다급히 거리를 벌렸다.

흥분을 가라앉히고 스켈레톤을 불러냈다.

"스켈레톤 전사 소환. 스켈레톤 아처 소환."

여섯 마리의 스켈레톤이 등장했다.

위치로.

키리릭!

스켈레톤들이 힘차게 턱을 부딪치며 위치를 잡았다.

검뼈 앞으로. 방패 모드.

검뼈 네 마리가 앞으로 나서며 방패를 내밀었다. 두 마리의 활뼈는 그 뒤쪽에 자리를 잡더니 갑자기 갈비뼈를 뽑아냈다. 그러곤 활의 시위에 그것을 걸었다.

활뼈1, 2. 화살 공격.

가만히 있던 활뼈 두 마리가 시위를 놓았다. 뼈 화살이 허공을 가르더니 리자드맨의 가슴과 복부에 명중했다.

크워어어어!

놈이 울부짖으며 돌진해 왔다.

검뼈1, 2 앞으로.

검뼈 두 마리가 움직인다.

방패로 방어.

돌진하며 찔러대는 리자드맨의 창을 방패로 막아냈다. 나머지 검뼈 두 마리가 그 틈을 노리며 검을 내뻗었다.

다시 공격.

무혁은 생각으로 명령했고 스켈레톤들은 그 단순한 명령에 잘 따라줬다. 순조롭게 대미지가 쌓이면서 리자드맨의 전신이 회색빛으로 물들었다.

크워어어어!

하지만 역시나 27레벨의 몬스터였다. 쉽게 죽지 않았다. 오크보다도 거대한 몸에서 뿜어지는 파괴력은 확실히 스켈레톤이 버티기 어려운 것이었다.

방패로 세 번 정도 방어했을 즈음, 검뼈1이 충격을 견디지 못하고 뒤로 크게 밀려났다. 몇 개의 뼛조각이 사방으로 튀었으나 역소환은 되지 않았다.

곧바로 몸을 일으켜 다시 리자드맨에게 달려들었다.

기왕 이렇게 된 거 검뼈1을 내주고 피해를 더 입히기로 결정을 내렸다. 마침 화가 난 리자드맨이 검뼈1만 바라보며 달려들고 있었으니 말이다.

집중 공격.

검뼈1을 짓밟고 있는 리자드맨의 몸통으로 화살 두 대가 날아갔다. 뒤이어 검 세 자루가 놈의 허벅지와 옆구리에 박혔다.

검뼈1을 발로 차버린 리자드맨이 고통에 몸부림쳤다. 그러다 리자드맨이 휘두르는 눈먼 창에 검뼈3이 적중당하면서 오른팔 하나를 못 쓰게 되었다. 그러나 고통을 느끼지 못하는 검뼈3은 왼손에 들린 방패를 버리고 땅에 떨어진 검을 주워 다시 앞으로 휘둘렀다.

검뼈2, 4는 뒤로.

활뼈 연사.

검뼈2, 4 방어 모드. 그 상태로 리자드맨에게 접근.

검뼈4는 검뼈2의 뒤로 이동.

검뼈4 공격.

나쁘지 않게 움직임이 이어졌다. 덕분에 상처 입은 리자드맨의 움직임이 조금 어색해졌다.

기회를 포착했다고 여긴 무혁은 계속 공격을 명령했다.

리자드맨의 거친 움직임에 검뻐2, 3, 4가 거의 부서졌을 즈음.

[경험치를 획득합니다.]

드디어 놈이 쓰러졌다.

스켈레톤만으로 27레벨의 리자드맨을 처리한 것이다. 환각이나 둔화의 독을 쓰지 않고서, 그것도 꽤나 무난하게.

만족스럽게 웃으며 리자드맨에게 다가가 사체 분해를 실시했다. 특유의 거대한 뼈와 질긴 가죽을 획득할 수 있었다.

[사체 분해를 종료합니다.]

고개를 돌려 만신창이가 된 검뻐들을 눈에 담았다. 내가 전투에 참가한다면 리자드맨 두 마리까지도 사냥이 가능할 것 같았다.

비록 레벨은 20에 불과했지만 동일한 레벨의 다른 유저들보다 확실히 우위에 있음을 느낄 수 있었다.

역소환.

하지만 여전히 부족하다. 랭커와의 격차는 아직도 심했으니까. 레벨 차이가 30이 넘으니 더 말할 것도 없었다. 게다가 100위 안에 드는 최상위 랭커라면 길드에 속하지 않더라도 이미 던전의 존재를 알고 있을 것이다. 어쩌면 그곳을 한 번 이상 클리어했을지도 모른다. 두 번, 세 번도 가능하지.

무혁은 조금 더 서두를 필요성을 느꼈다.

일단 30레벨부터.

다시금 앞으로 나아갔다. 강철 개미 군락지를 향해서.

다행히 유저들도, 이곳을 점령하고 있는 길드원도 보이지 않았다.

좋아.

곧바로 나무 위로 올라가 상황을 살폈다. 천천히 이동하자 아래를 지나가는 두 마리의 강철 개미를 발견했다.

스켈레톤을 소환하여 한 마리를 붙잡아 두도록 시켜놓고 남은 한 마리의 몸에 올라타 연결 부위에 검을 꽂았다.

[미미한 대미지를 줍니다.]

[10의 대미지를 입힙니다.]

[9의 대미지를 입힙니다.]

[9의 대미지를 입힙니다.]

그 상태에서 생각으로 스켈레톤을 지휘해 보려 했지만 대미지를 거의 줄 수가 없었다.

힘들겠네.

그냥 방어 모드로 전환해 두고 상대하고 있는 강철 개미에게 집중했다. 거칠게 몸부림치는 녀석에게서 떨어지지 않기 위해 애쓰는 사이.

[11의 대미지를 입힙니다.]

[9의 대미지를 입힙니다.]

대미지는 계속해서 들어갔다.

후우.

다시 여유가 찾아왔다. 강철 개미의 움직임에 적응을 한 덕분이었다.

고개를 돌려 소환수와 강철 개미의 대결을 눈에 담았다.

키릭, 키리릭!

강철 개미의 박치기에 당한 검뼈1이 뒤로 날아갔다. 연이어 검뼈2까지 당할 위기에 처했다.

무혁은 본능적으로 지시를 내렸다.

검뼈2, 왼쪽으로.

마무리를 짓기 위해 강철 개미가 재차 달려들었으나 검뼈2

가 피해버렸다. 대신 몸을 일으키던 검뼈1이 또다시 공격을 받았다.

활뼈1, 2. 공격.

파공성과 함께 날아간 뼈 화살이 강철 개미의 피부를 때렸으나 너무 딱딱한 탓에 박히지가 않았다. 튕겨진 뼈 화살이 바닥에 떨어지고 그 공격에 화가 난 강철 개미가 목표물을 활뼈로 바꿨다.

빠르게 달려든 강철 개미가 활뼈2를 턱으로 강하게 물었다.

활뼈2의 어깨가 부서지면서 전투력이 상실됐다. 하지만 강철 개미의 공격은 거기서 끝나지 않았다. 활뼈2의 가슴과 척추까지 모두 부서뜨리고서야 몸을 돌렸다.

그 순간 진동이 멎었다. 검을 꽂고 있던 강철 개미의 움직임이 느려진 것이다.

털썩.

이윽고 자리에 주저앉았다.

무혁은 눈을 빛내며 검을 빠르게 뽑은 후 다시 꽂았다.

[크리티컬이 터집니다.]

[159의 대미지를 입힙니다.]

[경험치가 상승합니다.]

강철 개미가 죽었다. 무혁은 사체 분해를 할 시간도 없이 바로 스켈레톤을 공격하고 있는 강철 개미의 뒤로 달려갔다.

지면을 강하게 차서 점프한 후 놈의 위에 올라탔다. 곧바로 가슴과 배의 연결 부위에 검을 꽂았다.

강철 개미의 경험치는 엄청났다. 역시나 32레벨 몬스터다웠다. 경험치가 잘 오르지 않기로 유명한 일루전이었음에도 불구하고 놈을 한 마리 잡을 때마다 경험치가 올라가는 게 눈에 보일 정도였다. 덕분에 이틀도 되지 않아 레벨 하나를 올릴 수 있었다.

체력을 올려야겠지.

스탯을 하나를 올리자 검뼈1, 2를 제외한 나머지 스켈레톤에게 변화가 찾아왔다. 녀석들의 체력이 1개씩 상승한 것이다.

좋아.

HP와 방어력이 상승한 것은 크다. 조금이라도 더 강철 개미의 공격을 버텨낼 수 있게 되었다는 소리이니까.

한결 수월해지겠어.

무혁은 다시 사냥에 집중했다.

하루, 그리고 다시 하루. 강철 개미를 죽이고 또 죽였다.

[경험치가 상승합니다.]

[레벨이 상승합니다.]

드디어 22레벨. 4일 만에 이뤄낸 쾌거였다.

소환수 창.

[소환수 창]

이름 : 검뼈1

레벨 : 17

HP : 580 / MP : 315

힘 : 12 / 민첩 : 10 / 체력 : 14

지식 : 7 / 지혜 : 7

보너스 포인트 : 1

소환수는 무혁보다 5레벨이 낮은 17. 덕분에 하나의 보너스 포인트가 생겨났다. 그것을 체력에 투자한 덕분에 검뼈1의 HP가 615가 되었다.

나머지 검뼈들도 체력을 올렸다. 덕분에 하나같이 HP 600에 가까워졌다. 수치만 봐도 마음이 든든했다.

활뼈는 대미지가 낫겠지.

활뻐1, 2는 힘을 올렸다.

이후 랭킹을 확인해 봤다. 현재 1위가 54레벨이었다.

레벨 하나가 올랐네.

얼마나 걸리려나. 반년? 1만 랭커에 들기 위한 시간.

그리고 다시 반년이면……. 그러니까 총 1년 정도의 시간이 흐른다면 무혁은 랭커 100위에 이름을 올릴 수 있으리라 예상했다.

제5장
던전 발견

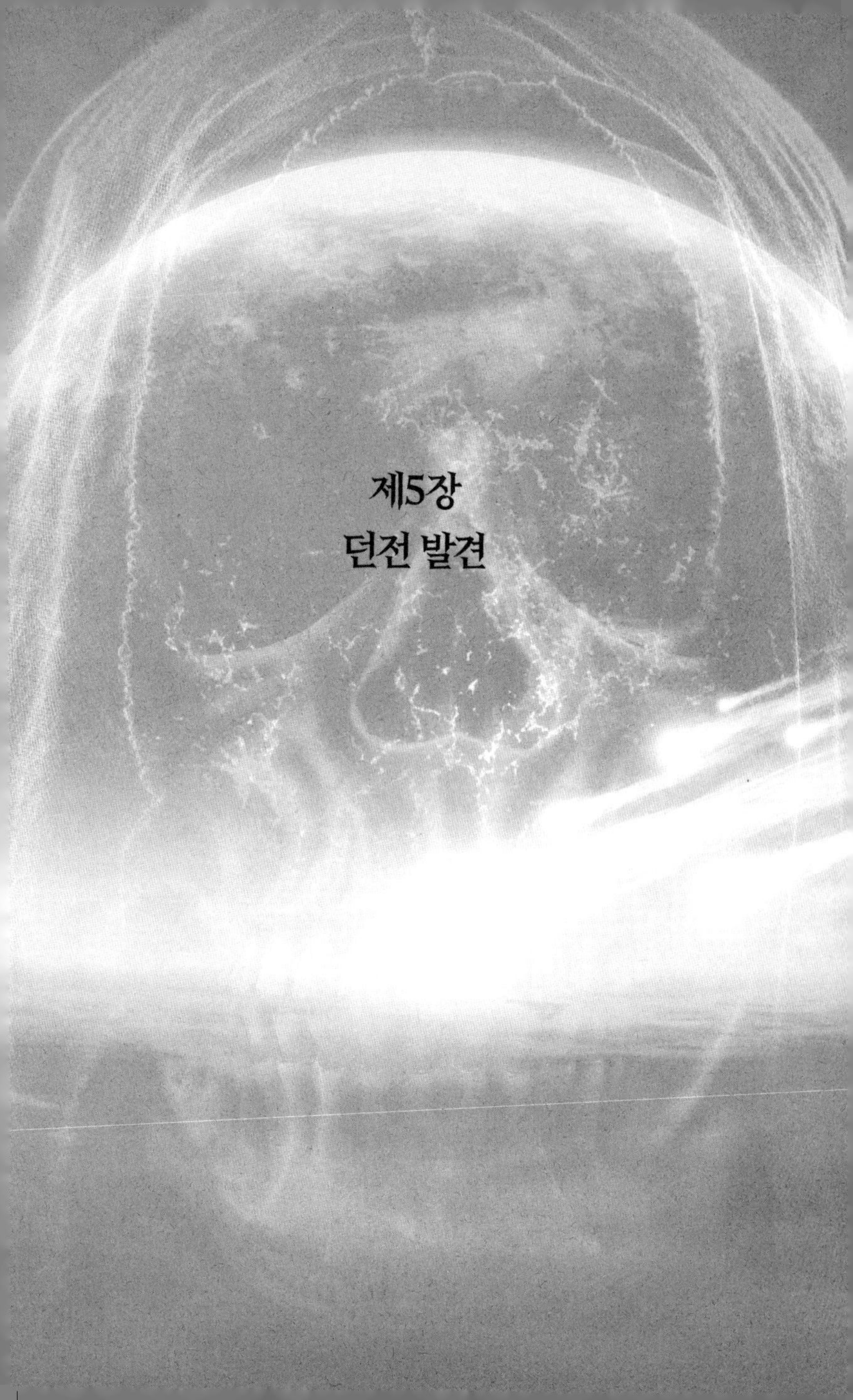

이틀이 더 지났다.

아침이면 일어나 헬스를 하고 집으로 돌아오는 길에 끼니를 때웠다. 집에 도착하면 바로 게임에 접속해서 간단한 요리로 캐릭터의 떨어진 포만도를 채웠다.

이후 강철 개미 사냥을 5시간 동안 이어간 후 캡슐에서 나와 점심 겸 저녁을 먹고 다시 일루전에 접속해 사냥을 이어갔다.

중간중간 빵을 먹으면서 포만도를 채워 캐릭터의 능력치가 하락하지 않게 주의했다. 그리고 밤 11시가 되어서야 사냥을 멈췄다. 그렇게 하루를 보내고 다음 날 역시 어제와 같은 패턴으로 보냈다.

덕분에 23레벨도 코앞으로 다가왔다.

그 순간이었다.

[스켈레톤 전사 소환 스킬의 레벨이 상승합니다.]
[스켈레톤 아처 소환 스킬의 레벨이 상승합니다.]

소환 스킬의 레벨이 올랐다.

오호.

바로 정보부터 확인했다.

[전용 스킬]
[스켈레톤 마스터리 2Lv(23%)]

스켈레톤의 공격력과 방어력이 2퍼센트 상승한다.

[스켈레톤 전사 소환 3Lv(0%)]

검에 소질이 있는 스켈레톤 6마리를 소환할 수 있다. 기술의 레벨이 높아질수록 소환 가능한 숫자와 10초당 소모되는 MP가 증가한다.

-현재 10초마다 소모되는 MP : 개체당 3

[스켈레톤 아처 소환 3Lv(0%)]

활에 소질이 있는 스켈레톤 3마리를 소환할 수 있다. 기술의 레벨이 높아질수록 소환 가능한 숫자와 10초당 소모되는 MP가 증가한다.

-현재 10초마다 소모되는 MP : 개체당 3

전사 6마리, 아처 3마리. 총 9마리의 소환이 가능해졌다. 유지되는 시간은 더 줄겠지만 순간적인 폭발력은 상승했다. 스킬의 레벨이 높아질수록 이러한 현상은 더욱 두드러질 것이다.

그리고…….

무혁은 인벤토리에서 아이템 하나를 꺼냈다. 쇠로 된 몽둥이의 끝에 두개골 장식이 달린 지팡이였다. 발시언 영감이 마지막에 건넸던 상자. 그것에 들어 있던 아이템이었다.

1업만 더 하면 돼. 그러면 사용이 가능해진다.

스윽.

무혁은 지팡이의 옵션을 다시 한번 확인했다.

"후우."

몇 번을 봐도 놀라웠다.

이 무기 역시 본래는 알려지지 않았던 정보였다. 아마 수제자 칭호를 얻은 자에게만 주어지는 선물이리라.

처음 옵션을 봤을 때는 기함을 금치 못했었다. 이 정도 수준의 아이템이 벌써부터 손에 들어오리라고는 상상도 못 했었으니까. 앞으로의 행보에 더욱 큰 도움이 될 것이다.

아직까지는 좋아.

물론 방심은 금물이다. 머지않아 던전의 존재가 모든 유저에게 알려질 것이고 그러면 그 던전을 차지하기 위한 크고 작은 싸움이 곳곳에서 본격적으로 시작될 것이다. 거기서 승리한 자만이 던전에 입장이 가능할 것이고.

문제가 있긴 하지.

무혁은 피식 웃었다.

던전은 계속 그 자리에 있는 게 아니다.

일반 던전은 100명의 인원, 특수 던전은 50명, 유니크 던전은 30명, 고대 던전은 10명. 해당 숫자만큼 클리어하면 그 던전은 사라진다.

이 정보는 숨길 것도 없다. 어차피 일반 던전은 쉽게 클리어될 것이고 사라지는 현상이 반복되면 누구나 깨달을 수밖에 없을 테니까. 그렇게 되면 독점하기 위한 현상은 더욱 심해질 것이다.

던전을 독점하려는 강자들의 횡포에서 살아남기 위해서는 강해져야 한다.

하려면 제대로 해야지.

지팡이를 인벤토리에 넣었다.

2시간 후 드디어 23레벨을 찍을 수 있었다.

[레벨이 상승합니다.]

이번에는 민첩을 올렸다. 이것으로 지팡이를 착용하기 위한 제한이 풀렸다.

아이템 확인.

눈앞으로 정보가 떠올랐다.

[스컬 지팡이]

끝에 해골 머리가 달려 있는 지팡이다. 변형 마법이 내재되어 있다.

공격력 55

마법 공격력 75

지혜 +1

MP 회복률(10) 상승

내구도 200/200

사용 제한 : 힘 25, 민첩 10, 체력 15

공격력 옵션을 제외한 부가 옵션이 두 가지나 되었다. 지혜와 MP 회복률. 지금 수준에선 엄청난 무기였다. 게다가 처음

볼 때 깨달았다. 이것이 듀얼 무기라는 것을.

무혁은 흥미로운 표정으로 손잡이 끝에 달린 해골 머리를 강하게 눌렀다. 그러자 몽둥이의 아래에서 날카로운 날이 튀어나왔다. 휘두르면 철 몽둥이가 되고 찌르면 검이 되는 것이다.

여기서 끝이 아니다. 다시 해골 머리를 눌러 날을 집어넣은 후 가방에서 화살 한 대를 꺼내었다. 그것을 몽둥이에 바짝 붙어 있는 쇠줄과 함께 잡아당겼다.

[변형 마법을 발동합니다.]

[MP(5)가 소모됩니다.]

그러자 몸체가 휘어지면서 활처럼 변했다.

이게 변형 마법.

무혁은 저 멀리 나무 기둥을 노리며 시위를 놓았다.

파앙!

공기가 터지며 화살이 쏘아진다. 미약한 곡선을 그린 화살은 목표에서 한참이나 벗어난 곳에 떨어졌다.

"으음……!"

꽤 긴 시간 훈련이 필요할 것 같았다.

틈틈이 연습해야겠네.

솔직히 언제까지고 선두에 서서 사냥을 할 순 없는 일이다. 시간이 지나면 스켈레톤을 앞장세우고 무혁은 뒤에서 지휘를 하거나 혹은 보조적인 마법, 아니면 활을 쏘면서 견제만 해야 할 날이 올 것이다. 그러니 연습은 필수다.

이런 반복적인 행동이 결실을 맺는 시기가 머지않아 올 것이다. 그날을 1차 목표로 정했다.

게임에 너무 빠졌던 걸까, 오랜만에 걸려온 어머니의 전화에 그동안 가족들에게 너무 무심했나 하는 생각이 들었다.

-주말인데 바빠?

"아니, 괜찮아."

-그럼…….

"오늘 집에 갈게."

-정말이니?

"응."

-알겠어, 오랜만에 다 같이 저녁 먹겠네.

어머니의 목소리가 밝았다. 웃으며 전화를 끊고 준비를 하고 집을 나섰다. 지하철을 타고 집으로 향했다.

오랜만에 만나는 가족들.

"아들, 왔어?"

"응, 엄마."

괜스레 예전 생각이 나면서 눈시울이 붉어졌다.

휴, 이제 지난 일이니까.

생각을 애써 털어내며 웃었다.

그사이 차려진 밥상. 고소한 냄새가 무혁의 코로 흘러들었다.

된장찌개네.

어머니의 손맛을 떠올리니 미소가 그려졌다. 거실로 향하니 식탁에 앉아 있는 아버지가 보였다. 무혁은 좌측에 자리를 잡고 앉았다.

뒤이어 누나가 나오고.

"밥 먹자."

"잘 먹겠습니다."

차려진 음식들을 하나씩 먹기 시작했다. 투박하지만 소소한, 그러면서도 따스한 이야기들이 오간다.

좋다.

이 삶이 이젠 일상이었다. 지금의 소중함을 절대로 잊지 않을 것이라 다짐하는 그였다.

무혁은 나뭇가지 위에서 기회를 엿보다 아래를 지나가는 강철 개미의 위로 떨어졌다.

푸욱.

약점 부위에 스컬 지팡이의 검날을 꽂는 순간.

[크리티컬이 터집니다.]

[242의 대미지를 입힙니다.]

[미미한 대미지가 들어갑니다.]

[9의 대미지를 입힙니다.]

[16의 대미지를 입힙니다.]

[12의 대미지를 입힙니다.]

240이 넘는 크리티컬 대미지가 터졌다. 게다가 최소 5에서 최대 11이었던 약점 대미지까지 크게 상승했다. 이젠 최소 9였고 최대 17까지 떴다. 전보다 훨씬 빠르게 강철 개미를 죽일 수 있게 된 것이다.

키리리…….

순식간에 놈이 힘을 잃고 비틀거렸다.

검을 뽑았다가 다시 꽂았다. 또다시 터진 크리티컬, 너무나 쉽게 놈을 처리했다.

"이것, 참……."

물론 들어오는 경험치 역시 처음에 비교한다면 확연하게 줄어든 상태다.

현재 레벨이 27. 일주일 동안 사냥에만 집중한 성과였다.

이제 여기도 슬슬 떠야 하나.

이내 고개를 저었다.

그래도 30레벨까지는 여기가 가장 좋겠지.

15레벨 던전처럼 30레벨 던전 또한 존재한다. 30레벨만 되면 위치를 알고 있는 일반 던전과 특수 던전에 들어갈 수 있다.

입장하기 전에 아이템을 전부 교체하고 일반 던전에서 경험치 90프로 아래를 유지하며 클리어, 그다음 곧바로 특수 던전에 입장해서 32레벨까지 찍는다. 이후 필드 몬스터를 사냥하면 되리라.

3업만 하면 된다. 물론 그 과정이 매우 지루하겠지만 어쩔 수 없었다.

키이이이.

무혁의 시선이 돌아갔다. 세 마리의 강철 개미가 모습을 드러냈다. 무혁은 바로 놈들에게 달려들었다.

코앞에서 옆으로 방향을 꺾은 후 턱 공격이 닿지 않는 지점에서 점프했다. 한 마리의 등에 올라타는 것과 동시에 약점 부위에 스컬 지팡이의 검날을 꽂았다.

나머지 두 마리는 검뼈와 활뼈를 조종하여 유인했다.

키릭, 키리릭!

스켈레톤도 쉽게 당하지 않는다. 무혁은 여유롭게 명령을 내리며 상황을 지켜봤다.

[16의 대미지를 입힙니다.]

[15의 대미지를 입힙니다.]

그사이에도 한 마리 강철 개미는 약점 부위를 찍힌 탓에 발광하는 중이었다. 그러다 같은 동족을 공격하기도 했다. 무혁에게는 좋은 일이었다.

몇 분이나 버텼을까, 강철 개미가 힘없이 늘어졌다.

확실히 죽이기 위해 다시 같은 부위를 공격했다. 크리티컬이 터지면서 경험치가 상승했다.

무혁은 놈의 등에서 내려와 다른 강철 개미에게 달려들었다. 마찬가지로 등에 올라탄 후 약점 부위에 검날을 꽂고 버텼다.

놈도 얼마가지 못해 죽어버렸다. 마지막 한 마리를 처리하는 건 정말로 쉬운 일이었다. 강철 개미를 사냥하면 레벨 업은 분명히 쉬웠다. 그 부분이 좋은 것은 맞지만 늑대를 잡을 때보다 긴장감이 더 떨어진다는 것도 부정할 수 없었다.

늑대나 곰이 차라리 재밌었지.

잡념을 하는 사이 MP가 모두 차올랐다.

다시 사냥에 나섰다. 반복적인 전투가 이어졌다.

다시 일주일이 지났을 때.

[레벨이 상승합니다.]

드디어 목표로 했던 30을 찍었다.

"하아."

지루했던 사냥이 끝났다. 투구를 벗은 후 고개를 들었다. 나뭇잎 사이로 보이는 하늘이 참으로 푸르렀다.

앞으로는 약점을 아는 녀석은 사냥하지 말까?

그런 생각까지 들 정도였다.

차라리 초반에 사냥했던 늑대나 곰과의 혈투가 더 기억에 남을 정도이니까. 그 녀석들을 상대할 때는 스릴이 넘쳤었다. 극도의 긴장감과 잡았을 때의 희열도.

일단은 정비부터 하자.

이제 왕국으로 돌아갈 때였다. 투구를 쓰고 몸을 틀었다.

음……?

그 순간 기묘한 위화감이 전신을 휩쓸었다. 가만히 주변을 훑었다. 그러고 보니 언제부터인가 유저가 한 명도 보이지 않았다.

처음에야 일부러 유저가 없는 곳에서 사냥을 했었다. 길드원의 시선도 피해야 했기에 신중을 기했었고. 그런데 지금은 몰래 사냥하는 유저의 모습을 찾을 수가 없었다.

뭔가 있는 건가?

잠시 고민하다가 고개를 저었다.

뭐, 내가 신경 쓸 건 아니니까.

30이라는 목적은 달성했다. 강철 개미라는 이름만 들어도 지겨울 정도였다. 서둘러 걸음을 옮겼다.

저벅.

1시간이 넘는 거리를 거닐어야만 했지만 지루하진 않았다. 리자드맨 서식지에 도달하면서부터 사냥을 하는 유저가 사방에 바글거렸으니까.

"운성아, 막아!"

"오케이!"

"나는 힐 좀!"

"알았어!"

"야, 공격!"

"하고 있잖아!"

리자드맨 사냥터를 지나, 오크 부락을 넘어 곰의 서식지까지 도달했다. 이곳은 유저가 훨씬 더 많았다. 사냥터의 레벨이 낮을수록 몬스터는 부족했고 유저는 넘쳐 났다. 늑대의 숲은 자리 싸움까지 벌어지는 상태였다.

그곳을 거쳐 토끼가 나오는 초원을 지나 드디어 왕국에 도착했다.

무혁은 오랜만에 대장간을 찾아갔다. 작업실로 들어가니 작업실을 돌아다니고 있는 루크를 발견할 수 있었다. 그 역시 무혁을 발견했는지 반가운 표정으로 다가왔다.

"오랜만이구나."

"네."

"할 일은 다 끝냈고?"

"일단은요."

"클, 좋다. 따라와라."

루크가 작업장 앞에 자리를 잡았다.

"내일부터 내가 바빠질 것 같으니 오늘 전에 말했던 방어구 제작을 알려주려고 한다. 잘 지켜보도록."

"아, 네!"

오자마자 기술 전수라니, 이것도 나름 애정의 표현 방식이리라.

투욱.

루크가 철판 위에 철광석을 올렸다.

"보고 있지?"

"그럼요."

"눈 떼지 말고."

"네."

그제야 망치를 위로 들어 올렸다.

후웅.

바람 가르는 소리와 함께 망치가 아래로 떨어지며 광석을 두드렸다. 그러자 철광석이 얇게 펼쳐지기 시작했다. 본래라면 화로에 달궈야겠지만 게임이라 그런 과정은 생략되었다.

그렇게 몇 개의 광석을 얇게 만들더니 그것의 좌우에 철광석을 올렸다. 온전한 철광석 위에 얇게 펼친 철광석을 올렸다.

"흐읍!"

좌측과 우측을 위주로 망치를 휘둘렀다.

타앙! 탕!

어깨와 허리를 잡을 모양이 나오더니 어느새 번듯한 갑옷 상의 하나가 만들어졌다.

"상의만 간단하게 만들어 봤다. 어떠냐?"

게임인지라 생각보다 간단했다.

"할 수 있을 것 같아요."

"한번 해봐라."

"네."

무혁은 망치를 받아 들고 방금 보았던 루크와 똑같은 방식으로 갑옷 상의 하나를 만들어냈다.

덕분에 정체되어 있던 제작 스킬의 레벨 하나가 올랐다.

[제작 스킬의 레벨이 상승합니다.]

[손재주(1)가 상승합니다.]

이걸로 제작 스킬의 레벨이 4가 되었다.

좀 아쉽긴 하지만…….

이제 사용 제한이 붙는 시기다. 그래도 스탯이 2개씩 붙을 수 있다는 것을 생각하며 아쉬움을 덜어냈다.

루크가 다가와 갑옷을 살폈다.

"괜찮군. 이걸로 전부 가르쳐 주었다. 남은 건 네가 얼마나 열심히 하느냐에 달렸다. 어디를 가더라도 그 사실만큼은 잊지 말아라."

솔직히 이곳에선 사냥할 곳이 마땅치 않다. 이젠 다른 왕국으로 향해 그곳에 자리를 잡고 성장할 때였다. 루크도 그 사실을 직감하고 있는 모양이었다.

"감사합니다."

"바쁘니 일 봐라."

"네."

걸음을 옮기던 루크가 갑자기 멈췄다.

"이제 여행에 비중을 두는 거겠지?"

"아무래도……."

"그래도 시간 나면 종종 들러라."

그 말을 남긴 루크가 작업장에서 나갔다. 묘한 감정을 느끼던 무혁은 이내 고개를 털어냈다.

어차피 자주 찾아올 거니까.

그러면서 작업장을 쳐다봤다.

방어구 제작이라. 몇 번만 더 만들어 볼까.

생각보다 꽤 재미가 있었기 때문이다.

스윽.

고민은 짧았다. 어느새 무혁은 자리를 잡은 채 망치를 손에 들고 철광석을 내려치고 있었다.

타앙!

소리가 크게 울렸다.

[결을 맞혔습니다.]

[진행도(3.7퍼센트)가 상승합니다.]

힘이 증가한 덕분일까, 진행도의 상승량이 더 높아졌다. 순식간에 철광석 하나가 얇게 펼쳐졌다. 다른 철광석을 올리고 같은 방법으로 얇은 철을 만들어냈다.

얼마 지나지 않아 갑옷 상의 하나가 만들어졌다. 무혁은 흐뭇하게 웃으며 옵션을 확인했다.

[단단한 갑옷(상의)]

방어력 11

체력 +1

내구력 90/90

방어력이 꽤 준수했다. 체력도 붙어 있고. 운이 좋게도 옵션 하나가 붙어 나왔다. 스킬의 레벨이 오르고 힘이 높아진 덕분에 옵션이 붙는 확률이 조금 더 상승한 모양이었다.

"호오."

무혁은 감탄과 함께 갑옷 하나를 더 만들기 시작했다.

타앙, 타앙!

이번에도 10분도 채 걸리지 않아 갑옷 하나가 탄생했다. 하지만 방어력은 9에 옵션도 붙지 않았다. 괜히 욕심히 난 무혁은 또다시 갑옷을 제작했다.

실패, 실패, 또 실패.

결국 다섯 개의 갑옷을 만들고서야 멈췄다. 첫 번째 갑옷을 제외하곤 전부 옵션이 붙지 않은 것이다.

"쩝……."

마지막으로 검 하나만 더. 그렇게 생각을 정리하고 철광석 하나를 올렸다.

"후우."

심호흡과 함께 결을 때렸다.

[결을 정확하게 맞혔습니다.]

[진행도가 2배로 적용됩니다.]

[진행도(7.2퍼센트)가 상승합니다.]

순간 무혁의 눈이 커졌다. 무려 두 배의 진행도 상승이 이뤄졌다. 처음 경험하는 현상에 손을 멈췄다.

이런 거였구나.

스킬 레벨이 4가 되면 스탯이 2개씩 붙는다는 건 알고 있었다. 아마 방금 뜬 두 배의 진행도와 연관이 있으리라.

메시지를 다시 확인했다. 정확하게라는 단어가 눈에 들어왔다. 일종의 크리티컬.

한 번 더…….

정신을 집중하고 다시 두드렸다.

[결을 맞혔습니다.]

[진행도(3.4퍼센트)가 상승합니다.]

[보너스 진행도(0.1퍼센트)가 상승합니다.]

이번에는 정확하게라는 글자가 없었다.

"후읍……."

심호흡을 한 후 다시 두드렸다. 두 번, 세 번, 열 번. 하지만 더 이상 그와 같은 현상은 일어나지 않았다.

결국 검 하나가 완성이 되었고 무혁은 아쉬운 표정을 감추지 못한 채 검의 성능을 확인했다.

아이템 정보.

그러자 떠오른 홀로그램.

[황혼의 장검]

공격력 33

힘 +1

민첩 +1

내구도 110/110

사용 제한 : 힘 22, 민첩 13

공격력이 33에 스탯이 2개나 달렸다.

좋았어!

아주 오랜만에 뜬 괜찮은 검이었다. 이 정도면 30레벨 중후반까지도 무난하게 사용할 수 있는 수준이었다. 사용 제한이 눈에 거슬리긴 하지만 그래도 저 정도는 아주 양호하다고 볼 수 있었다. 덕분에 의욕이 샘솟았다.

몇 개만 더 만들어 보자.

그렇게 시간의 흐름도 잊어버린 채 무기 제작에 집중하는 무혁이었다.

그날 저녁.

10시간이 넘게 제작을 했지만 아쉽게도 황혼의 장검과 비견되는 검은 만들어지지 않았다. 다만 공격력이 28을 넘기고 옵션 1개가 붙은 검이 한 자루 만들어져서 나름 밥값은 벌었다. 나머지 수십 자루의 검은 공격력도 낮았고 옵션도 붙지 않았기에 대장간에 싸게 처분했다.

이건 소환수한테 줘야겠어.

검과 방패밖에 들지 못하는 스켈레톤이기에 최대한 좋은 옵션의 검과 방패를 사용해야만 한다. 그래서 제작된 두 자루의 검을 스탯이 조금 빈약한 검뼈5, 6에게 건네줬다.

나머지는 천천히 구해야지.

시간도 늦었기에 로그아웃을 했다.

샤워를 하고 나와 냉장고에서 맥주 한 캔을 꺼낸 후 침대에 누웠다. 정면에 놓인 TV를 켰다.

각종 방송 프로그램 대부분은 역시 일루전 관련 프로그램이었다. 채널을 넘겼다.

-지난주에 미리 말씀을 드렸었는데요, 기억하시나요? 오늘 드디어…….

일루전의 세계였다. 리모컨을 내려놓고 화면을 주시했다. 랭킹 1위와 관련이 있는 이야기였기 때문이다.

-그럼 영상부터 한번 볼까요?

화면이 바뀌었다. 가죽 갑옷을 입은 사내가 등장했다. 모자를 쓰고 두건으로 입과 코를 가린 상태여서 얼굴은 보이지 않았다.

그의 모습이 멀어지고 주변에 있는 몬스터들이 클로즈업된다. 얼핏 봐도 열 마리는 되어 보였다. 놈들에게 둘러싸였음에도 사내는 평온해 보였다.

스윽.

천천히 검을 들어 올리자 새하얀 빛이 내려와 그를 휘감았다. 전신에 은은한 기운이 감도는 가운데, 그가 지면을 차더니 정면에 있는 몬스터에게 달려들었다.

서걱.

한 번의 검격에 몬스터의 팔이 떨어졌다.

허어, 라쿰을 저렇게…….

쥐 모양의 몬스터 라쿰, 레벨이 55에 달하는 강력한 녀석이다. 그런 놈을 너무나 쉽게 처리해 버렸다. 물론 이후로는 쉽지 않았다. 기습적으로 한 마리를 죽였으나 나머지 아홉 마리는 상당히 날을 세우고 있었다.

거칠게 덤벼드는 놈들에게 공격을 당한 갑옷의 사내가 비틀거렸다. 그 순간 방패로 바닥을 찍었다.

콰과과광!

지면이 흔들리더니 전류가 흘렀다.

키에에엑!

라쿰이 울부짖는 사이 갑옷의 사내가 다시 검을 하늘로 들어 올렸다. 이번에도 빛이 내려왔는데 그 빛을 받은 사내의 상처가 빠르게 아물었다.

성기사라더니…….

스스로에게 치유 마법을 쓴 것이리라.

접근전도 좋고…….

무혁의 눈이 빛났다.

확실히 강하다. 그런데 한 가지 의문이 있었다. 무혁이 전신 마비로 지내던 시절 봐 왔던 일루전에는 다크라는 이름을 지닌 성기사는 존재하지 않았다.

성기사란 직업이 그렇다. 참으로 애매하다. 어떻게 보면 만능이지만 또 다르게 보면 이도저도 아니다. 정말 공들여서 키워야 제대로 된 캐릭이 된다.

그런데 지금은 1위다? 게다가 만능? 묘하네.

시간이 흘러 결국 이도저도 아니게 되어서 랭크가 떨어졌거나 혹은 새로운 직업을 얻었거나, 아니면 접었을지도 모른다.

어쩌면 1위를 유지할 수도 있고. 어느 것 하나 확신할 순 없는 일이다. 무혁의 행동은 분명 일루전이라는 세계에 영향을 미칠 것이기 때문이다.

지금 당장만 해도 그렇다. 환각의 독과 둔화의 독을 팔게 되면서 기존보다 훨씬 빨리 유저들에게 알려지게 될 것이니까. 아주 작은 변화겠지만 훗날 그로 인해 알 수 없는 사건이 발생할지도 모른다.

그사이 전투가 끝났다.

스윽.

검을 내려놓은 채 죽어버린 몬스터를 내려다보고 있는 오만

한 사내.

랭킹 1위, 다크.

그의 얼굴이 클로즈업되고 영상이 끝났다.

무혁은 TV를 끄고 맥주 캔을 치웠다.

다크, 다크라…….

일루전 홈페이지가 평소보다 더 과부화 상태가 되었다.

[제목 : 랭킹 1위 본 사람?]

댓글도 빠르게 달렸다.

ㄴ아루 : 대박이던데요.

ㄴ기린 : 혼자 북 치고 장구 치고 다 하던데.

ㄴ알리 : 힐도 쓰고, 강한 스킬도 많은 것 같고.

ㄴ가벨 : 성기사가 짱인 듯?

댓글뿐인가, 게시글은 더 빠르게 올라왔다.

[제목 : 성기사 키우자!]

[제목 : 성기사가 사기네. 하향해야 할 듯.]

[제목 : 저도 성기사 키우러 갑니다!]

[제목 : 랭킹 1위, 후덜덜하네.]

30초도 되지 않아 페이지가 넘어갔고 또다시 다크와 연관된 글들이 쏟아졌다. 그럼에도 불구하고 새로운 게시글 하나가 나오면 10초도 되지 않아 조회수 수백이 찍혔다. 달리는 댓글 역시 수십이 넘었다. 그러한 현상은 시간이 지날수록 더 심해졌다. 포털 사이트의 순위도 1위로 올랐다.

모두가 다크에게 집중하고 있는 그 시각, 정작 그는 태평하게 경매장을 이용하고 있었다.

"흐음."

동영상에서 나오던 아이템과 전혀 다른 장비를 착용한 상태로 허공에 손을 휘젓는다.

둔화의 독이라…….

정말 놀라운 아이템이다. 이걸 어떻게 알아낸 걸까.

판매자가 누구지?

다크의 눈매가 좁혀졌다.

무혁.

뿐만 아니다. 환각의 독 역시 그가 팔고 있었다. 게다가 검까지.

물론 검은 탐나지 않았다. 겨우 30레벨 정도가 사용할 수준이었기 때문이다. 하지만 기억하고 있다. 2주 전이었나, 그때 작은 이슈가 되었던 검의 존재를 안다.

그 검은 10레벨이나 20레벨이 사용할 수준이었다. 다만 사용 제한이 없다는 길드원의 말에 흥미를 가지고 확인했었다. 그 검을 판매하던 자의 이름도 분명히 기억하고 있었고.

무혁.

지금의 판매자와 이름이 같다.

그 짧은 시간에 이 정도로 성장했다? 재밌군.

그의 입가로 좀처럼 볼 수 없는 미소가 그려졌다.

다음 날.

무혁은 일루전에 접속하자마자 메시지부터 확인했다.

['차가운 철검'이 '55골드'에 팔렸습니다.]

['기운의 철검'이 '34골드'에 팔렸습니다.]

['가벼운 철검'이 '33골드'에 팔렸습니다.]

['둔화의 독(×10)'이 '12골드'에 팔렸습니다.]

['환각의 독(×10)'이 '11골드'에 팔렸습니다.]

['둔화의 독(×55)'이 '83골드'에 팔렸습니다.]

['환각의 독(×55)'이 '65골드'에 팔렸습니다.]

무혁의 입이 벌어졌다.

"허어……."

모두 합해서 총 293골드였다.

293만 원……. 한 달 월급을 하루 만에 번 것이다.

무혁은 바로 무기를 훑어봤다. 활부터 사야겠지. 활뼈의 무기가 가장 빈약하다. 좋은 검도 있으면 좋겠지만 솔직히 지금의 검뼈들은 사용하고 있는 검으로도 충분하다고 판단했다.

많은 무기가 보였다.

스르륵.

손으로 홀로그램을 내리자 다른 무기들이 모습을 드러냈다. 그 순간이었다.

흐음, 검은색 활?

그 활을 누르자 정보가 떠올랐다.

[흑궁]

공격력 31

힘 +1

내구도 115/115
사용 제한 : 힘 15
[즉시 판매 가격 : 40골드]

사용 제한은 힘 15. 높은 편이었으나 다행스럽게도 활뼈는 힘 위주로만 스탯을 찍었기에 지금 당장에라도 사용할 수 있었다.

가격이 조금 부담되기는 했지만 마땅한 활이 없는 지금, 괜찮은 것 하나만 구입하면 상당히 오랫동안 이용할 수 있으리라.

[구매하시겠습니까?]
[Yes/No]

예스를 선택했다.

[40골드가 차감됩니다.]

동시에 아이템이 인벤토리에 들어왔다.

좋아.

이후 1시간가량을 더 투자하여 활 하나를 더 구입했다. 옵션이 좋아서 40레벨까지 사용해도 부족하지 않을 수준이었다.

이제 독을 만들 차례인가.

남은 골드를 확인했다.

[516골드 17실버 23브론즈]

던전의 존재가 밝혀지지 않은 지금은 오직 몬스터의 재료만을 이용해서 아이템을 제작해야 하는데 옵션이 랜덤으로 뜨기에 그야말로 복불복이었다.

높은 확률로 옵션이 하급으로 뜨기 때문에 몇 번이나 반복해서 제작을 시도해야만 한다. 그러기 위해서는 같은 몬스터를 반복해서 잡아야 하고 자연스레 레벨 업 속도가 느려질 수밖에 없다.

그게 싫은 사람들은 현질로 아이템을 사야 하는데 솔직히 성인 유저 대부분이 노가다보다는 현질을 택하는 실정이었다.

그런 상황에서 무혁은 오직 스스로만의 힘으로 모든 아이템을 맞추고 또 500골드가 넘는 돈을 모았다.

물론 남들이 모르는 정보를 알기에 가능한 일이었지만 그 정보 역시 무혁의 것이라는 건 누구도 부정할 수 없었다. 그렇기에 흡족한 것이었고.

본래는 전투 영상이나 정보를 유료로 판매할 생각이었지만 한동안은 그럴 필요가 없을 것 같았다. 지금 당장은 환각의 독과 둔화의 독을 판매하는 것만으로도 충분하리라.

스윽.

방향을 틀어 잡화점으로 향했다.

"느림보 물약, 혼란의 눈물 1,000개씩 주세요."

"10골드입니다."

가격을 지불하고 약초집에 들렀다.

"몰리, 크레아스, 비르를 100묶음씩 주세요."

"한 묶음에 2골드입니다. 구입하시겠어요?"

"2골드요?"

"네, 최근 물량이 부족해서 가격이 올라갔거든요."

"아……."

절로 미간이 찌푸려졌다.

50실버짜리가 2골드라.

연금술사가 벌써부터 움직이기 시작한 모양이었다. 더 늦기 전에 구입해서 최대한의 이윤을 남겨야만 했다.

"구입하죠."

"잠시만 기다려 주세요."

주인이 건네는 약초를 인벤토리에 넣고 연금술사 길드를 찾아갔다.

마법의 솥이 있는 방을 대여한 후 그곳에서 둔화의 독과 환각의 독을 제조하기 시작했다.

[몰리, 크레아스, 느림보 물약이 섞입니다.]

[마법의 솥이 반응합니다.]

[둔화의 독이 만들어집니다.]

만들어지는 시간은 짧다. 하지만 몇 번이고 반복해야 하는 노동이었다.

며칠은 걸릴 것이다. 훗날을 위한 투자라고 생각하자.

그 시간으로 상당한 돈을 벌 수 있을 테고 그 돈은 성장을 보다 더 빠르게 도와줄 것이기 때문이었다.

한편.

무혁이 독을 만드는 사이 두 가지 독은 이미 일루전 유저에게 이슈가 된 상태였다.

[제목 : 둔화의 독 사용 후기]

[내용 : 둔화의 독은 꾸준한 대미지를 주는 독과 움직임을 느리게 만드는 둔화까지 함께하는 최고의 아이템이다. 운 좋게 10개를 구입해서 사용해 봤는데 사냥 시간이 체감될 정도로 줄어들었고 위협적이던 몬스터가 너무나 쉽게 느껴졌다. 덕분에 한 단계 이상의 몬스터도 어렵지

않게 사냥이 가능했고 덕분에 경험치 상승 속도가 높아졌다. 역시 일루전은 아이템을 얻기 힘든 만큼 얻었을 때의 효율이 엄청나다고 말할 수 있겠다.]

사이트에도 자주 언급이 되었다.

ㄴ일라 : 저도 사용해 보고 싶네요.

ㄴ꼬맹이 : 저 직업이 연금술사입니다. 지금 스킬을 이용해서 설명에 나와 있는 재료의 배합률 맞춰보고 있는 중입니다.

ㄴ두부 : 꼬맹이 님, 알게 되면 좀 알려주세요!

ㄴ꼬맹이 : 두부 님, 제가 바봅니까? 알면 돈 벌어야죠.

ㄴ두부 : 와, 치사하시네.

ㄴ꼬맹이 : 그럼 님도 연금술사 하시든가요.

댓글 반응 역시 뜨거웠고.

그리고 다시 하루가 흘렀을 때.

[제목 : 저 둔화의 독 배합률 알아냈습니다!]

[내용 : 연금술사 스킬로 계속 시도한 결과 엇비슷한 수치가 나와 실험을 계속하던 중, 드디어 둔화의 독 배합률을 정확하게 알아냈습니다. 물론 배합률을 밝히진 않을 생각입니다. 일단 저도 먹고살아야죠.]

배합률을 알아냈다는 것만으로도 유저들의 반응은 대단했다.

덕분에 무수한 유저들이 의견을 내놓았다.

ㄴ마약 : 일단 둔화잖아요. 제가 보기엔 약초가 섞이면서 독이 된 것 같거든요. 그러니까 둔화 효과가 있을 것 같은 무언가를 찾으면 되지 않을까요? 요정의 잘린 날개라든가, 나무늘보의 살점이라든가, 뭐 그런…….

ㄴ일점사 : 일리가 있네요.

다시 하루가 지났을 때, 경매장에 둔화의 독이 간간히 모습을 드러냈다.

3일 후.

드디어 모든 재료를 다 사용했다.

"후우……."

각 1천 개씩의 독이 만들어졌다.

구입하고자 하는 유저가 많을 테니 상당한 이익이 예상되었다. 서둘러 경매장 시스템에 두 가지 물품을 즉시 판매로 올려놓았다.

개당 가격은 1골드 50실버, 최소 10개 이상만 주문 가능하도록 맞췄다. 물품 등록을 마치고 연금술사 길드에서 나와 중앙 호수로 향했다.

요리 재료와 1회용 제작 도구를 구입한 후 워프 게이트를 이용해 뷔바로 왕국으로 이동했다.

남문을 나서 천천히 아래로 내려갔다. 사냥하는 유저들이 보였다. 어차피 저레벨 사냥터였기에 관심은 없었다. 무혁은 방향만 잡은 채로 느긋하게 걸어가면서 경매장 시스템을 열었다.

투명도를 맞춰서 길도 보이고 물품도 보이도록 만들었다.

얼마나 팔렸으려나.

[둔화의 독(×1,000)]

[즉시 판매 가격 : 2골드]

[최소 주문 수량 : 10개]

[현재 판매된 수량 : 0개]

[환각의 독(×1,000)]

[즉시 판매 가격 : 2골드]

[최소 주문 수량 : 10개]

[현재 판매된 수량 : 0개]

무혁의 미간이 찌푸려졌다.

0개?

하나도 안 팔렸다는 소리다.

뭐지?

물품을 등록하고 30분이 넘게 지났다. 적어도 수십 개는 팔려야 정상이건만, 단 하나도 팔리지 않았으니 의문을 느낄 수밖에 없었다.

잠깐, 설마…….

순간적으로 스치는 생각 하나. 서둘러 검색을 해봤다.

둔화의 독…….

주르륵 나열되는 물품들.

"아……."

생각보다 많은 이가 둔화의 독을 판매하고 있었다. 가장 낮은 가격이 1골드, 가장 높은 가격이 무혁이 올린 1골드 50실버였다.

젠장…….

설마 이렇게 빨리 밝혀질 줄은 상상도 못 했다.

별수 없지.

서둘러 가격을 재설정했다.

99실버.

그래도 이득인 건 확실했다. 다행히 1분도 지나지 않아 30개가 팔렸다. 그제야 안도하며 경매장을 껐다.

좀 서두를까.

목적지를 향해 부단히 걸음을 옮겼다.

사내 두 명과 여인 한 명, 셋으로 이뤄진 파티가 주변을 탐색한다.

그때 사내 한 명이 손을 들었다.

크르르…….

동시에 들려오는 괴이한 소리. 손을 들었던 사내가 고개를 틀면서 입술을 떼었다.

"우측."

사내는 앞으로, 여인은 뒤로 이동했다.

여인은 순식간에 어깨에 메고 있던 활을 앞으로 내밀더니 시위에 화살을 걸었다. 그러고는 아무것도 없는 어둠을 향해 화살을 쏘아 보냈다.

파앙!

화살에 깃든 불꽃이 사방을 밝혔다.

그 순간 보이는 실루엣, 그것은 어둠에 물든 한 마리의 호랑이였다.

불꽃으로 인해 갑작스레 밝아져서인지, 녀석이 포효하며 고개를 틀었다. 점프를 한 상태였기에 화살이 놈의 가슴에 박혀 버렸다.

화살의 불꽃이 꺼져 다시 어두워졌으나 이미 놈의 위치를 확인한 상태였다.

대기하고 있던 두 명의 사내가 동시에 놈에게 접근했다. 한 사내는 방패를, 한 사내는 검을 손에 쥔 채로.

콰앙!

방패로 허공에 뜬 호랑이의 몸통을 때렸다.

뒤로 밀려나는 와중.

푸욱.

섬뜩한 소리가 퍼졌다.

언제 호랑이의 뒤쪽에 자리를 잡았던 걸까. 검을 손에 쥐고 있었던 사내가 다가오는 호랑이의 등에 깊은 상처를 만들어냈다. 검을 비틀며 뽑아내자 상처는 더욱 커졌고 그곳으로 은빛 가루가 휘날린다.

하지만 어둠으로 인해 전혀 보이지 않았다.

크워어어어어!

다만 놈의 고통스러운 포효만이 고막을 때릴 뿐이었다.

"마무리 짓자고."

"알았어."

여인이 대답하며 다시 시위에 화살을 걸었다.

파앙, 파바바방!

손이 보이지 않을 정도의 연사였다.

푸욱, 푹.

그럼에도 실수는 없었다. 모든 화살이 호랑이에게 명중했다. 물론 방어력이 높고 HP가 많은 탓에 쉽게 죽지 않았다. 그러나 이미 큰 상처를 입었고 화살까지 꽂혀 있기에 움직임이 둔화된 상태였다. 방패를 든 사내와 검을 든 사내까지 공격에 합세하니 버틸 재간이 없었다.

크르르…….

이윽고 호랑이의 꿈틀거림이 멎었다.

다크 타이거, 레벨 31의 몬스터. 놈을 겨우 세 명이서 잡아버린 것이다.

크르르…….

하지만 아직 사냥은 끝나지 않았다. 어디선가 또 다른 다크 타이거가 나타났다. 이번에는 두 마리였다.

그러나 세 명의 유저는 당황하지 않았다. 침착하게 전황을 살폈고 냉정하게 판단했다.

잡을 수 있다.

세 사람 모두 동일한 결론을 내렸는지, 서로를 바라보며 고개를 끄덕였다.

파밧.

동시에 두 사내가 좌우로 갈라졌다.

방패를 든 사내는 한 마리의 다크 타이거를 도발하면서 유인했고 다른 사내는 검으로 남은 다크 타이거를 공격했다. 여인은 검을 든 사내를 도와 화살을 쉴 새 없이 쏘았다.

팡! 파바바방!

그사이 방패를 든 사내는 홀로 다크 타이거 한 마리를 감당하고 있었다.

"흐읍!"

방패로 최대한 버티다가 체력이 떨어지면 스킬을 사용했다. 다크 타이거를 방패로 밀치고 그 대미지만큼 HP를 회복시키는 기술이었다. 기사 교습소에서는 배울 수 없는 스킬이었지만 그는 운 좋게 스킬북을 구할 수 있었다. 덕분에 이렇게 버티는 것도 가능했고.

"멀었어?"

"조금만 더!"

"3분 안으로 끝내!"

스킬을 사용해서 HP를 올리고 있지만 그것도 한계는 있었다.

방패로 최대한 방어를 하고 빈틈이 보이면 놈을 밀어냈다.

그럼에도 불구하고 벌써 HP가 60퍼센트가량 떨어졌다.

아직은 괜찮아.

그렇게 버티다 보니 벌써 HP가 20퍼센트만 남게 되었다.

그때였다.

스윽.

그림자처럼 다가온 검을 쥔 사내가 놈의 등 뒤를 공격했다. 동시에 머리 위를 스치고 가는 불꽃의 화살 한 대.

푸욱.

뒤쪽에 있던 여인의 공격이었다.

"후우."

그제야 방패를 든 사내가 한숨을 놓았다. 아끼고 있던 스킬을 사용했다. HP가 차올랐다. 다시 버텨내는 사이 다크 타이거가 쓰러졌다.

"후우, 불 좀 켜줘."

"알았어."

불을 켜달라고 말한 여인, 루나. 대답한 사내, 철벽. 검 하나만을 사용하는 민우.

대한민국 3대 길드에 속한 세 사람이 파티를 이룬 채 사냥을 하고 있었다.

세 사람의 레벨은 모두 27. 그럼에도 불구하고 다크 타이거를 손쉽게 잡은 것으로 보아 그저 운으로 거대 길드에 속한 것은 아닌 모양이었다.

아무튼 철벽이 가방에서 문서 하나를 꺼내 찢어버리자 손바닥 위에 새하얀 구체가 생성되었다. 주변을 환하게 밝히는 라이트 마법이었다.

"뭐야, 떨어뜨린 건?"

"가죽 한 장이네."

"쩝, 일루전은 다 좋은데 이게 아쉽단 말이야."

"뭐가?"

"몬스터를 죽이면 아이템을 안 주잖아. 쓸데없는 재료템이나 주고."

"그래도 재료템으로 아이템을 제작할 수 있잖아."

"귀찮으니까 그러지!"

루나의 앙칼진 목소리에 두 남자가 움찔했다.

"기만 세서는……."

"뭐라고!"

"아니, 아니야. 다시 사냥하러 가야지?"

"MP 없어!"

철벽이 한숨을 푸욱 하고 내쉬었다.

"그럼 5분만 쉬자."

"좋아, 그리고 불 꺼."

"오케이."

라이트 마법이 사라졌다.

빛이 있을 때 다크 타이거의 공격을 받으면 제압하기가 쉽지 않다. 틈을 노리기가 어렵다고 해야 하나. 그래서 찾아낸 것이 방금 전의 사냥법이었다. 어둠에 익숙해진 녀석에게 밝은 빛을 보여주면서 틈을 만드는 것. 능동적인 사냥법이었다.

"참, 둔화의 독은 언제 준대?"

"글쎄, 곧 오지 않을까?"

재능이 있는 이들에게는 길드 자체에서 지원도 해준다. 그 중에 하나가 바로 요즘 이슈가 된 둔화의 독과 환각의 독이었다.

"우리한테 제일 먼저 오겠지?"

"아마도."

"좋아, 그럼 다시 사냥을……."

"쉿."

루나가 입을 여는 순간이었다. 조용히 있던 민우가 조용히 하라는 신호를 줬다. 모두 숨을 죽였다. 다크 타이거가 다시 나타난 걸까. 세 사람은 조심스럽게 몸을 일으켰다.

고요한 침묵이 흐르고.

저벅.

소리가 커졌다. 그 순간 좌측에서 빛이 뿜어졌다.

고개가 휙 하고 돌아갔다. 나무 기둥 사이로 보이는 그것은 분명히 다크 타이거는 아니었다.

"유저……?"

그렇다. 한 명의 사내가 걸어가고 있었던 것이다. 그것도 불을 환하게 밝히고서.

"저런 멍청한……."

이곳 다크 타이거 서식지에도 많은 유저가 있다. 그럼에도 그들과 부딪히지 않은 것은 암묵적인 약속이 있기 때문이다.

바로 불을 켜지 않는 것. 불을 켜게 되면…….

크르르……!

지금처럼 숲이 울렁거린다. 다크 타이거가 불빛을 향해 달려들기 때문이다.

스슥.

순식간에 낯선 사내를 포위한 다크 타이거 세 마리가 눈에 들어왔다. 한눈에 봐도 위험한 상황이었다.

루나가 입을 열었다.

"도와줘? 아님 말아?"

그들에게도 한 번에 세 마리는 버겁다. 죽을 확률이 더 높으니까.

물론 게임이기에 죽음도 컨텐츠 중의 하나임은 확실하다. 하지만 24시간 동안 접속이 불가하기에 그 시간 동안 아무것도 하지 못한 채 지내야 한다. 그 지루함은 겪어보지 못한 자들은 상상도 하지 못할 것이다.

물론 현실에서 쉬거나 친구를 만나라고 할 수도 있지만 죽음 이후의 기다림은 단순한 24시간이 아니다. 지독스럽게도 흘러가지 않는 멈춰 버린 시간처럼 느껴지니까.

"으음."

고민은 짧았다.

"일단 물러나는……."

철벽이 말하려는 순간이었다.

"어? 스켈레톤이네?"

모두의 시선이 다시 낯선 사내를 쫓아간다.

"네크로맨서인가."

어느새 나타난 스켈레톤 아홉 마리. 3마리가 한 조가 되어 한 마리의 다크 타이거를 상대하기 시작했다.

금방이라도 부서질 것처럼 아슬아슬했지만 의외로 스켈레톤들은 놈들의 공격을 잘 버텨내고 있었다.

"호오."

"상당한데?"

그때 가만히 있던 사내가 움직였다. 손에 들린 지팡이가 활로 변하더니 시위에 화살을 걸어 한 마리의 다크 타이거를 노렸다.

첫 번째 화살 공격이 실패했음에도 사내는 동요하지 않았다. 다시 화살을 날려 한 마리의 다크 타이거를 맞혔다.

세 마리의 스켈레톤 역시 활을 사용했는데 그 사내와 같은 라인에서 쉴 새 없이 활을 날리고 있었다. 몸을 이루는 뼈를 뽑아서 말이다.

앞에서 다크 타이거를 직접적으로 상대하는 스켈레톤들은 검과 방패를 하나씩 쥐고 있었는데 방어는 정확했으며 공격은 절묘했다. 마치 한 마리 한 마리가 잘 훈련된 군인 같았다.

그러나 상대는 다크 타이거였다.

퍼석.

스켈레톤 한 마리가 부서졌다. 다른 다크 타이거를 상대하는 스켈레톤 역시 한 마리씩 부서진 상태다.

하지만 다크 타이거 역시 그동안 피해를 입은 탓에 행동이 어색하기 그지없었다.

파앙!

그 와중에 다시 몸에 꽂힌 화살 한 대.

크워어어어어!

고통에 울부짖었다.

그야말로 치열함의 연속이었고, 처절함의 향연이었다. 스켈레톤은 부서지고 다크 타이거는 만신창이다.

멀쩡한 자는 중앙에 있는 낯선 사내와 그와 같은 라인에 있는 아처 스켈레톤뿐이었다.

낯선 사내에게는 현란함도, 화려함도 없었다. 눈을 사로잡는 획기적인 전투 방법도 아니었다.

그럼에도 시선을 뗄 수가 없었다. 전투의 현실감이, 거기서 느껴지는 지독함이 그 무엇보다 강렬하게 전신을 자극한 탓이었다.

털썩.

결국 모든 스켈레톤 전사가 부서졌을 때, 다크 타이거 세 마리는 더 이상 움직이지 않았다.

그러자 낯선 사내가 회색으로 화하려는 놈들에게 다가갔다. 지척에서 멈추더니 단검을 꺼냈다. 자리를 잡고 앉아 죽은 몬스터를 헤집기 시작했다.

네크로맨서의 기술, 사체 분해였다.

분해를 끝냈음인가. 나온 재료템을 가방에 넣던 그가 갑자기 행동을 멈췄다.

스윽.

고개를 돌린 것이다.

루나, 철벽, 민우. 그들과 눈이 마주친 그는 돌연 몸을 일으켰다.

움찔.

세 사람이 놀라는 가운데, 그는 마치 아무 일도 없었던 것처럼 다시금 앞으로 나아갔다.

여전히 불을 환하게 밝힌 채였는데 어느 순간 그의 모습이 불빛과 함께 사라졌다.

“어? 없어졌어?”

“아니, 불을 끈 건가?”

본능적인 호기심을 느낀 것일까, 세 사람은 불빛이 사라진 지점으로 나아갔다.

입구를 발견한 무혁이 불을 껐다.

어둠이 도사리는 주변, 그보다 더욱 짙은 암흑이 존재하는 곳으로 발을 내디뎠다.

후웅.

몸이 아래로 빠르게 하강했다. 착지와 동시에 메시지가 떠올랐다.

[30레벨 ‘일반 던전’을 발견했습니다.]

[던전 안에서 ‘경험치(50퍼센트)’와 ‘아이템 획득 확률(20퍼센트)’이 상승합니다.]

이곳을 찾기 위해 주변을 헤매면서 이미 모든 MP를 회복한 상태였기에 당장에라도 스켈레톤을 소환할 수 있었지만 그러지 않았다. 조금이라도 아낄 필요가 있었다. MP는 소중하니까.

그리고 만약을 위해 영상 녹화를 시작했다. 지금 당장은 아니더라도 훗날 던전이 밝혀졌을 때 먼저 이 영상을 유료로 공개하면 꽤나 짭짤한 부수입을 얻을 것이기 때문이다.

천천히 앞으로 나아갔다. 일반 던전의 내부는 유니크 던전보다 좌우가 넓었다. 몬스터가 다수 나타난다면 위험할 수 있음에도 무혁은 거리낌이 없었다. 그럴 수밖에 없었다. 무혁에게도 아홉 마리의 소환수가 있었으니까. 그 정도라면 길을 막고도 남는다.

뭐가 나올진 모르겠지만.

던전의 위치는 알지만 어떤 몬스터가 나타나는지는 모른다. 대부분의 유저가 그 부분은 함구하기 때문이다. 단지 어디의 던전을 클리어했다. 어떤 아이템을 얻었다. 그 정도의 이야기만이 퍼질 뿐이었다.

그럼에도 걸음에는 힘이 넘쳤다.

드디어 던전의 초입을 지난 걸까, 저 멀리 무언가의 형체가 보였다.

덩치는 꽤 있어 보이고…….

거리가 좁혀지면서 형태가 뚜렷해졌다.

오크?

가까이 가니 대검을 들고 있었다. 레벨 27의 리자드맨은 아니었다.

리자드맨 나이트……!

레벨 30의 몬스터였다.

확실히 초장부터 난이도가 있긴 하네.

"소환."

스켈레톤을 소환했다.

나타난 것은 총 아홉 마리.

먼저 검뼈에게 돌진을 명령했다.

키리릭!

활뼈에게는 공격을.

그러자 뼈 화살이 하늘을 갈랐다.

파앙!

달려가는 검뼈의 머리뼈 위를 스치며 리자드맨 나이트의 가슴으로 돌진했다. 하지만 뻔히 보이는 공격에 당할 수준이 아니었다.

리자드맨 나이트가 손에 들린 대검을 휘두르니 날아드는 세 대의 뼈 화살이 튕겨져 나갔다.

레벨은 강철 개미보다 낮다. 하지만 지능이 높았다. 게다가 인간형 몬스터라 꽤나 까다롭다.

검뼈1, 2, 3 방어.

검뼈4, 5, 6은 검뼈1, 2, 3의 뒤로.

검뼈4, 5, 6 제자리에서 공격.

활뼈1, 2, 3 연사.

명령과 동시에 무혁도 지팡이를 활로 변형시켜 시위에 화살을 걸었다.

여전히 명중률이 낮은 편이었지만 그래도 꾸준히 사용하다 보니 조금씩 감이 왔다. 이제는 열 번을 쏘면 다섯 번 이상은 몬스터의 신체에 화살이 꽂혔다. 목표물이 크기에 가능한 일이었다.

파앙!

화살이 날아가 놈의 가슴에 박혔다.

[120의 대미지를 입힙니다.]

활뼈의 연사와 검뼈의 공격이 연달아 이어지니 아무리 리자드맨 나이트라고 하더라도 혼란스러우리라.

뭐야……?

무혁과 같은 레벨이지만 스탯은 무혁이 더 높다. 공격력 역시 뛰어나다. 화살 한 번에 120의 HP를 빼버린다.

게다가 스켈레톤의 대미지도 낮지 않다. 검과 활의 공격력이 평균 28이고 힘 스탯도 최소 10 이상이다. 그럼 총 대미지의 합이 대략 60 수준.

리자드맨 나이트의 방어력을 감안하더라도 30 정도의 대미지는 박히고 있었다.

그런 스켈레톤이 9마리이니 합하면 적어도 270이 된다. 무혁 혼자서 공격하는 것보다 2배 이상이나 더 빠르게 HP를 빼버리는 것이다.

쿠룩, 쿠루룩……!

그 덕분에 리자드맨 나이트의 전신이 순식간에 회색빛으로 물들었다. 끝없이 피를 흘리고 있는 것이다.

그제야 깨달았다. 아, 내가 지금 30레벨이지.

게다가 소환수도 그때와 달리 아홉 마리다. 아처까지 생겼으니.

피식 웃음이 흘렀다. 이렇게 쉽게 느껴질 줄이야.

생각은 여기까지.

무혁은 지면을 찼다.

활을 지팡이로 변형시킨 후 끝에 달린 해골 머리를 눌렀다.

찰칵.

지팡이의 끝에서 날이 빠져나왔다.

리자드맨 나이트의 지척에서 지팡이를 내밀었다.

푸욱.

날이 놈의 복부에 깊숙하게 박혔다.

[크리티컬이 터집니다.]
[238의 대미지를 입힙니다.]

명백한 마무리였다.
쿠웅.
쓰러진 리자드맨 나이트에게 사체 분해 스킬을 사용했다.

[사체 분해를 시작합니다.]
[진행도 10퍼센트…….]
[사체 분해를 종료합니다.]
[리자드맨 나이트의 뼈(×2)와 질긴 힘줄(×1)을 얻었습니다.]

리자드맨 나이트의 뼈라. 절로 미소가 그려졌다. 뼈가 지니고 있는 특성이 아주 맘에 들었기 때문이다.

[리자드맨 나이트의 뼈]
특성 : 힘, 체력

미소는 빠르게 사라졌다. 리자드맨 나이트를 쉽게 잡을 수 있게 된 건 사실이지만 이제 겨우 던전의 시작일 뿐이었으니까.

다음에는 리자드맨 나이트 두 마리가 나타났다. 어렵지 않게 이겼다. 그러자 세 마리가 나타났다. 이번에도 이겨냈지만 네 마리가 나오는 순간 무혁은 미간을 찌푸렸다.

계속 한 마리씩 증가하는 건가?

결국 본격적으로 나서야만 했다. 검뼈들과 함께 전방에 서서 놈들을 상대했다.

레벨 30의 무혁, 하지만 스탯은 그보다 훨씬 상위의 것이다. 리자드맨 나이트는 그의 상대가 될 수 없었다. 스켈레톤의 도움을 받는다면 더더욱.

놈들이 무려 네 마리라 할지라도 말이다.

"후우."

이번에도 승리했다.

네 마리의 리자드맨 나이트 사체를 분해했다.

[사체 분해를 시작합니다.]

[진행도 15퍼센트…….]

[사체 분해를 종료합니다.]

[리자드맨 나이트의 뼈(×1)와 질긴 힘줄(×2)을 얻었습니다.]

다섯 마리까지도 무난하다. 하지만 그 이상도 나온다면? 꽤 힘들어질 가능성이 높았다.

그래도 일반 던전이라 그 정도로 난이도가 높을 가능성은 낮았다. 입장하는 유저의 수에 맞춰서 난이도가 정해지니 다섯 마리가 한계일 것이다. 그 이상은 아무리 생각해도 과했다.

조금 더 가 보자.

다시 앞으로 가기를 몇 분, 저 멀리 형태가 보인다.

한 마리……?

그제야 무혁의 입가로 미소가 그려졌다. 패턴을 파악했기 때문이다.

네 마리까지 증가하고 그 이후 다시 한 마리로 되돌아가는 것이리라. 일반 던전에서 자주 볼 수 있는 패턴이다. 몇 번 반복하고 나면 클리어할 수 있을 것이다.

검뼈, 활뼈 자동 공격.

스켈레톤들이 달려갔다.

키릭, 키리릭!

겨우 한 마리의 리자드맨 나이트는 소환수만으로도 충분했기에 전투하는 장면을 가만히 지켜봤다.

이게 바로 네크로맨서의 맛이지.

생각으로 명령만 내리면 된다. 그리고 지켜본다.

세상에서 가장 재미있는 구경이 뭔가. 불구경, 싸움 구경이 아니던가. 눈앞에서 벌어지는 실감나는 싸움을 구경할 수 있고 승리하면 경험치까지 쌓이니 이보다 더 좋을 수가 없었다.

키리릭!

전투는 오래가지 않아 끝났다. 스켈레톤의 승리였다.

쌓이는 경험치를 확인한 후 역소환했다. MP를 채운 후 다시 나아갔다. 두 마리, 세 마리, 그리고 네 마리. 이후 또다시 처음으로 돌아가 한 마리가 나타났다. 역시 반복되고 있었다.

어느새 열 번을 반복했다. 현재 경험치가 85퍼센트. 이제 15퍼센트만 올리면 레벨이 오른다.

흐음, 그전에 끝나야 하는데.

이번이 열 번 반복의 마지막 네 번째 구간이었다. 리자드맨 나이트 네 마리가 나타났고 무혁은 스켈레톤과 힘을 합쳐 놈들을 상대했다.

지금까지와 다름없이 무난하게 놈들을 제압할 수 있었다. 역소환하고 잠시 휴식을 취하면서 MP를 모두 채운 후 앞으로 향했다.

저 멀리 몬스터의 형태가 점처럼 보인다.

또 한 마리 시작인가.

그런 생각을 하며 거리를 좁히는데.

"음?"

한 마리가 아니었다.

다섯 마리……!

게다가 중앙에 있는 놈은 다른 리자드맨 나이트보다 머리 두 개가 더 컸다. 덩치도 1.5배는 되어 보였다. 지금까지 상대했던, 그리고 현재 놈의 좌우에 있는 네 마리의 리자드맨 나이트가 어린아이처럼 보일 지경이었다.

본능적으로 느꼈다.

마지막 구간이군.

위협? 물론 느끼고 있다. 긴장감도 흐르고. 하지만 그래서 더 게임이 재밌는 것이다.

"후우……."

시위에 화살을 걸고 놈이 사정권에 들 때까지 대기했다.

활뼈, 공격.

무혁도 시위를 놓았다.

파앙!

화살은 놈들의 대검에 막혔다.

활뼈는 연사.

명령을 내린 무혁이 지면을 찼다.

파밧.

무서운 속도로 리자드맨 나이트와의 거리를 좁혔다. 뼈 화살을 막기 위해 대검을 휘두르는 놈들의 틈을 노렸다.

스컬 지팡이의 몸체가 가장 왼쪽에 위치한 리자드맨 나이트의 옆구리를 강타했다.

둔탁한 소리와 함께 놈이 휘청거렸다. 그러자 중앙에 위치하고 있던 머리 두 개가 더 큰 리자드맨 나이트가 다가왔다.

무혁은 서둘러 뒤로 물러났다. 그의 머리 위로 날아든 화살이 거대한 리자드맨 나이트를 노렸으나 놈은 무시한 채 무혁을 계속 쫓아갔다.

검뼈 돌진.

명령을 내리는 순간 거대 리자드맨 나이트가 대검을 휘둘러왔다.

무혁은 스컬 지팡이를 세워서 방어했다. 충격은 거의 없었다. 통각이 아주 낮게 설정되어 있었으니까. 하지만 몸이 허공에 뜬 건 명확하게 느낄 수 있었다.

[HP(65)가 줄어듭니다.]

HP도 소모되었다. 그 정도로 파괴력이 엄청났다는 소리였다.

엄청난데.

그럼에도 만족하지 못한 채 또다시 다가오는 거대 리자드맨 나이트였다. 그 순간 돌진 명령에 따라 달려든 여섯 마리 검뼈가 놈과 부딪쳤다.

"후우."

착지한 무혁이 거대한 리자드맨 나이트의 옆을 지나쳤다.

놈은 강하다. 그러니 마지막에 상대해야 된다. 지금은 거치적거리는 다른 녀석부터 처리할 심산이었다.

버텨주겠지.

무혁은 검뼈를 힐끔 바라본 후 평범한 리자드맨 나이트를 다시 눈에 담았다.

어느새 다가온 한 마리의 리자드맨 나이트가 대검을 휘둘렀다. 몸을 숙이며 피한 후 스컬 지팡이를 내밀었다. 튀어나온 날이 리자드맨 나이트의 가슴에 박혔다.

크리티컬이 터지면서 놈이 움찔거리는 사이 날아온 뼈 화살이 놈의 눈에 꽂혔다.

[크리티컬이 터집니다.]

[연속 크리티컬!]

[추가 대미지(30)를 입힙니다.]

연속 크리티컬로 인한 추가 대미지가 떴다. 레벨과 동일한 수치였다. 지금까지 몇 번 뜨지 않았기에 미묘한 희열이 느껴졌다.

여기서 또다시 크리티컬이 터진다면 추가 대미지가 두 배로 증가한다. 하지만 세 번이나 크리티컬을 터뜨리는 것은 매우 어려운 일이었다. 그래도 밑져야 본전이다.

점프한 후 놈의 나머지 눈을 노렸다.

크워어어어!

발광하는 탓에 제대로 명중시키지 못했다. 무혁은 미간을 찌푸리며 몸을 틀었다. 지팡이의 몸체를 앞으로 내밀었다. 어느새 다가온 다른 리자드맨 나이트의 대검을 막아내기 위해서였다.

카앙!

쇳소리와 함께 몸이 뒤로 밀려났다. 벽에 부딪혔다.

괜찮아.

이걸로 더 이상 뒤는 신경 쓰지 않아도 된다. 무혁은 거리를 좁힌 네 마리의 리자드맨 나이트를 바라봤다. 눈에 화살이 꽂힌 한 마리가 특히나 난폭한 기세를 뿌리고 있었다.

저 녀석의 눈만 가격할 수 있다면…….

한 대만.

무혁은 경계하는 놈들을 보며 지팡이를 들었다.

변형.

순식간에 바뀌어버린 지팡이. 시위에 화살을 걸고 날렸다. 거리가 가까운 탓에 명중률이 올라갔다. 갑작스러운 공격이었기에 상처 입은 리자드맨 나이트의 반응 역시 느렸다.

멀쩡한 눈에 화살이 꽂혔다.

크워어어어어!

이로써 놈은 양쪽 눈 모두 상처를 입었다. 놈은 아무것도 보이지 않으리라. 지독한 고통까지 느낄 테니 발광하면서 대검을 휘두를 수밖에 없었다.

주변에 있던 리자드맨 나이트의 옆구리를 베었다.

크르르?

그에 놀란 나머지 세 마리의 리자드맨 나이트가 물러나는 순간.

파밧.

무혁은 놈들과의 거리를 좁혔다.

지금이 기회.

무혁의 지팡이가 무차별적으로 휘둘러지기 시작했다.

지팡이의 공격력과 높은 힘 수치로 인한 대미지가 고스란히 박히면서 리자드맨 나이트의 HP가 빠르게 줄어들었다. 발광하는 리자드맨 나이트의 근처를 맴돌면서 다른 놈들과의 거리를 절묘하게 유지했다.

움직임을 파악하고 사전에 차단한다. 리자드맨 나이트의 민첩이 상대적으로 낮았기에 가능한 일이었다.

[118의 대미지를 입힙니다.]

[115의 대미지를 입힙니다.]

[121의 대미지를 입힙니다.]

한 녀석이 쓰러졌다.

"후우."

고개를 돌려 거대 리자드맨 나이트를 확인했다. 한 마리의 검뼈가 역소환된 상태였다. 남은 다섯 마리의 검뼈가 버티고 있지만 일방적으로 밀리는 형국이다.

아슬아슬하겠는데.

활뼈, 가장 가까운 놈에게 연사.

활뼈 한 마리를 거대한 리자드맨 나이트에게 붙였다. 그래도 안심할 수 없었다.

to be continued

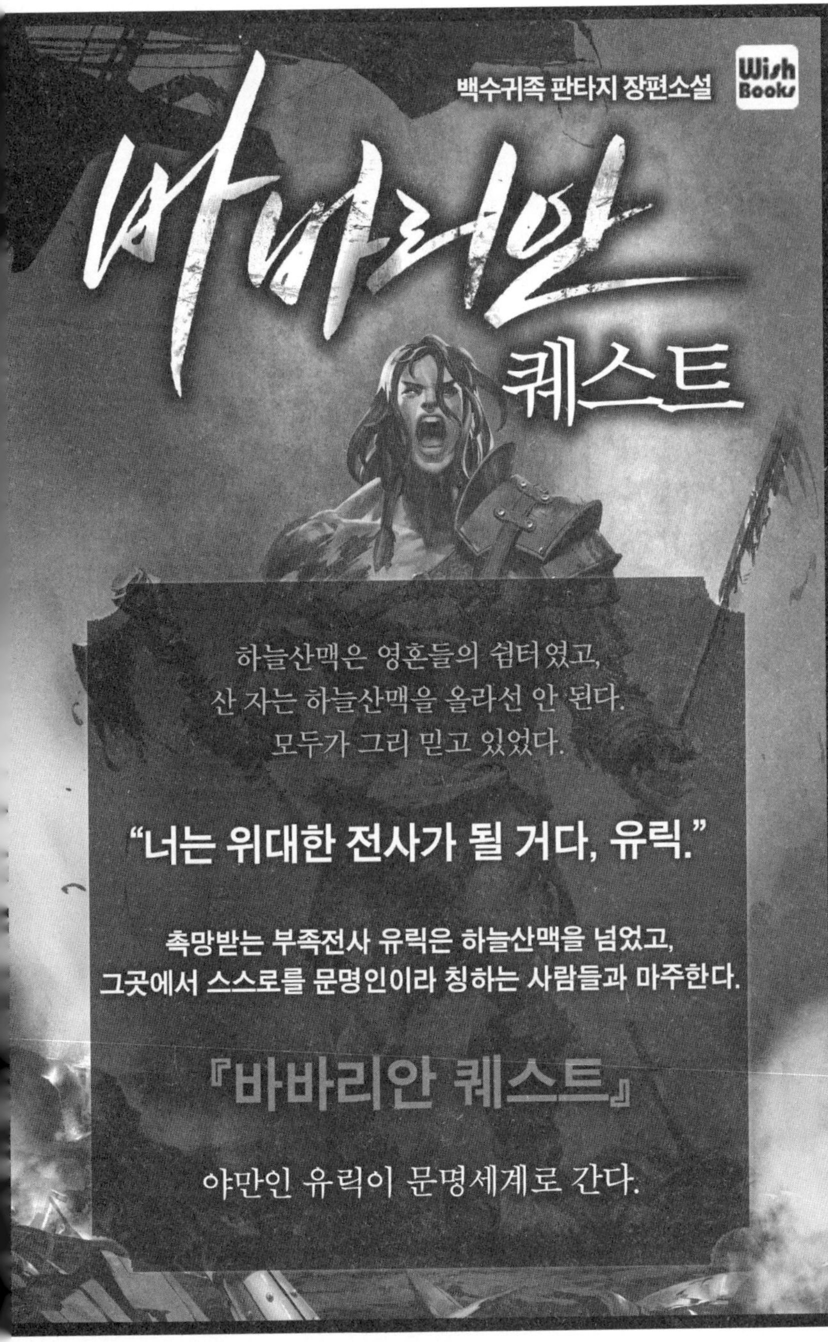
백수귀족 판타지 장편소설
Wish Books
바바리안
퀘스트
하늘산맥은 영혼들의 쉼터였고,
산 자는 하늘산맥을 올라선 안 된다.
모두가 그리 믿고 있었다.
"너는 위대한 전사가 될 거다, 유릭."
촉망받는 부족전사 유릭은 하늘산맥을 넘었고,
그곳에서 스스로를 문명인이라 칭하는 사람들과 마주한다.
『바바리안 퀘스트』
야만인 유릭이 문명세계로 간다.

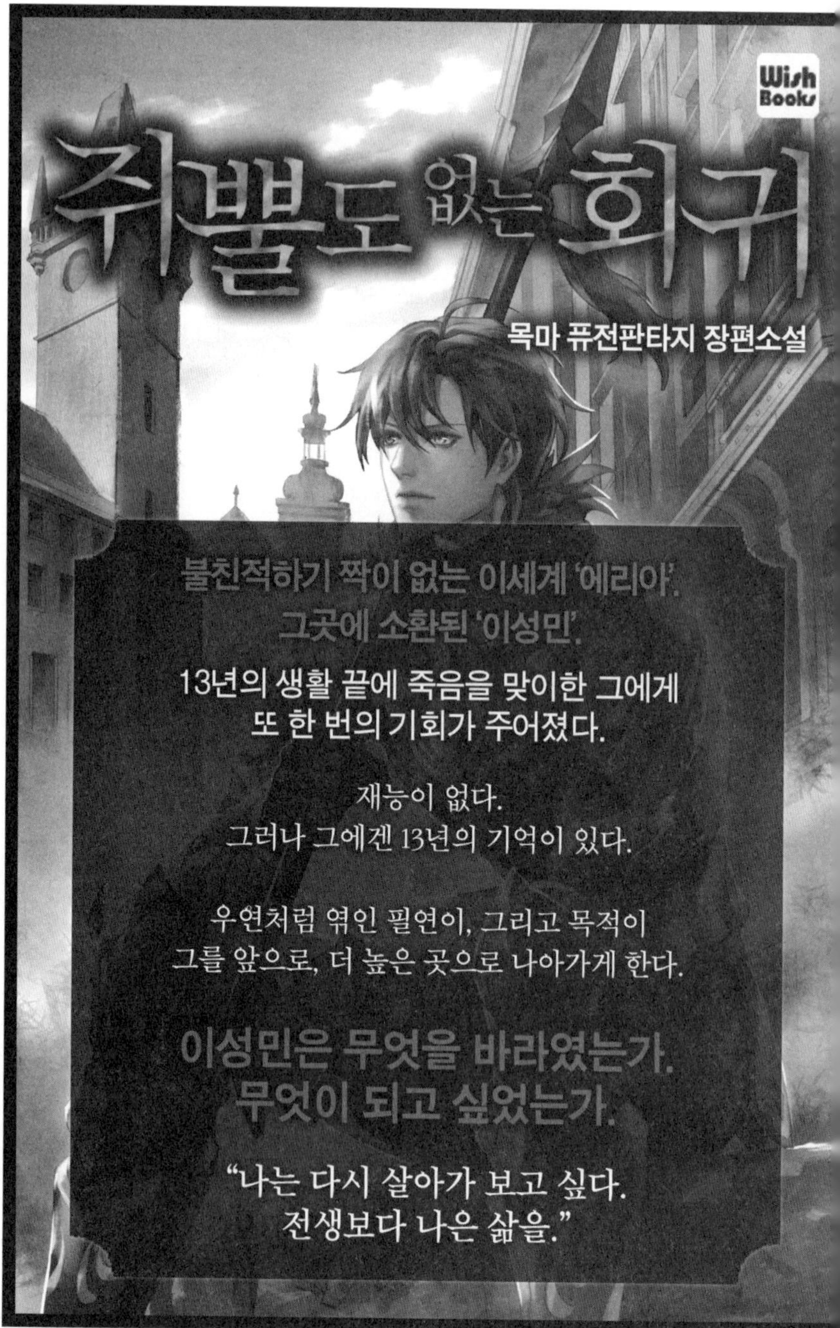
Wish Books
쥐뿔도 없는 회귀
목마 퓨전판타지 장편소설
불친적하기 짝이 없는 이세계 '에리아'.
그곳에 소환된 '이성민'.
13년의 생활 끝에 죽음을 맞이한 그에게
또 한 번의 기회가 주어졌다.
재능이 없다.
그러나 그에겐 13년의 기억이 있다.
우연처럼 엮인 필연이, 그리고 목적이
그를 앞으로, 더 높은 곳으로 나아가게 한다.
이성민은 무엇을 바라였는가.
무엇이 되고 싶었는가.
"나는 다시 살아가 보고 싶다.
전생보다 나은 삶을."